W0466473

# J'ME MARRE

DU MÊME AUTEUR
AU CHERCHE MIDI

*Pensées, répliques, textes et anecdotes*

*Je suis un être exquis*

JEAN YANNE

# J'me Marre

le cherche midi

© le cherche midi, 2003

23, rue du Cherche-Midi, 75006 Paris.

Vous pouvez consulter notre catalogue général et l'annonce
de nos prochaines parutions sur notre site Internet :
cherche-midi.com

*À Gilles Durieux, mon pays, frelot de lait et de gwin ruz, barde ailé de toutes les Armoriques, mais, hélas, exécrable joueur de boules.*

Jean YANNE, avril 2003.

*« La justice, la planète, la vérité, le sort du tiers-monde, la guerre, le pouvoir, l'amour du prochain, tout ça ne m'intéresse pas. Ce que je veux, c'est juste qu'on me foute la paix. Et rien ne dit qu'un rocking-chair, un bon cigare et un verre de vin ne soient pas encore les meilleurs moyens de sauver le monde. »*

# LE SENS DU RIDICULE

Je me suis essentiellement dédié à mon bien-être. Lorsque je me sens le mieux, c'est quand je me fais du bien.

Sur l'échelle des valeurs spirituelles, on peut affirmer que mon humour se place au niveau du fluide glacial et de la crotte de chien en matière plastique, et que mes saillies sont plus proches de « Comment rire aux noces et banquets » que de l'*Éthique* de Spinoza.

Je n'aime pas raconter des histoires drôles pour la simple et bonne raison qu'à chaque fois qu'on se plie à cet exercice, cela en rappelle toujours une mauvaise à votre interlocuteur, qui se croit alors dans l'obligation de vous la raconter.

Je n'ai pas le sens de l'humour, j'ai le sens du ridicule.

Le sens du ridicule, c'est plus qu'une tournure d'esprit, ça ne s'apprend pas. Le ridicule est partout autour de nous, dans la rue, dans les journaux, il y a des gens qui s'en aperçoivent, d'autre non. Moi, j'ai une espèce de fatalité avec ça. Quand je suis dans un embouteillage, à Paris, s'il y a une petite vieille qui marche sur le trottoir et qui, d'un seul coup, tombe dans un trou d'égout, elle est pour moi. On peut être sûr qu'à ce moment-là, va savoir pourquoi, mon regard était précisément posé sur la petite vieille. S'il y a trois mecs dans les cent voitures arrêtées à l'avoir vue, j'en fais forcément partie. Quand je lis le journal, c'est pareil, je tombe à chaque fois sur le truc insensé, celui que les gens ne vont pas voir, ou auquel ils ne vont pas prêter attention. Tiens, par exemple, l'autre jour, le maire de Fontaine-de-Vaucluse, qui prend un arrêté : « Nous, maire de la commune de Fontaine-de-Vaucluse, vu la loi du 25 avril 1984, vu l'émotion qui s'empare de la population devant les désastres qui découleraient de l'emploi de la bombe atomique, arrêtons :

« Article 1 : le port et l'usage de la bombe atomique sur le territoire de la commune de Fontaine-de-Vaucluse est interdit.

« Article 2 : le garde-champêtre est chargé de l'exécution du présent arrêté. »

Et c'est véridique ! Voilà. Vous êtes prévenu maintenant, si vous comptiez faire sauter une bombe nucléaire sur le territoire de la commune de Fontaine-de-Vaucluse, réfléchissez-y à deux fois. Sinon, vous aurez affaire au garde-champêtre !

# DES FEMMES, EN GÉNÉRAL, ET DE LA GASTRONOMIE, EN PARTICULIER

Le monde est ainsi fait, il y a des hommes et des femmes, et on les distingue au fait que les femmes ont des salaires plus faibles que les hommes, et des seins plus gros.

*

Je divise les femmes en cinq catégories : les bourriques, les poisseuses, les niquedouilles, les biscottes et les Roselyne Bachelot. Ne voyez aucune misogynie dans ce classement, car je reconnais que certains croisements peuvent avoir de l'intérêt. Tenez, les bourriques niquedouilles par exemple, comme la femme de notre Président, c'est peut-être pas très folichon à regarder mais ça éternue souvent avec plus de grâce et avec plus d'esprit qu'un ouvrier.

J'ai souvent pris le métro, je n'ai jamais vu une seule fois une bonne femme ouvrir son imperméable pour me montrer ses parties intimes. Jamais. Pourtant, j'aurais aimé. Et si elles veulent vraiment être nos égales, il va falloir qu'elles s'y mettent. Et pas que les moches, hein !

*

Il ne m'est jamais venu à l'esprit de traiter les femmes comme mes égales. Quelle femme aimerait être traitée comme l'égale d'un gros barbu, vieux et soupe au lait ?

*

La seule façon de réussir la vie à deux, c'est de faire chambre à part, d'avoir des appartements séparés, de ne jamais manger ensemble et de ne surtout pas prendre ses vacances en même temps.

*

J'adore les chaises longues parce qu'il n'y a pas de place pour deux.

*

L'avantage de la masturbation, c'est qu'en principe ça évite les préliminaires.

*

Les films pornos, ça devient lassant. L'autre jour, y en avait un à la télé, je l'ai regardé un peu, puis, quand le bonhomme commençait à monter sur la bonne femme, je suis sorti faire pisser mon chien. J'ai décroché la laisse, je l'ai attachée, j'ai pris mon imperméable dans la penderie, j'ai cherché un peu les clés, je suis sorti, je suis descendu, j'ai fait le tour du pâté de maisons, je suis remonté, j'ai remis les clés en place, j'ai retiré la laisse du chien, je l'ai accrochée, j'ai enlevé mon pardessus, je l'ai remis dans la penderie, je suis revenu, le mec était encore sur la bonne femme, dans la même position ! Qu'on ne vienne pas me dire après ça que ce ne sont pas des peine-à-jouir !

*

C'est mieux d'avoir un gros sexe. C'est plus présentable. Mais rien n'est perdu si ce n'est pas le cas. Un type qui a un sexe pas très avantageux, il peut le décorer, par exemple. Bon, évidemment, je déconseille la bougie, parce qu'il faut la fixer avec des petites pinces, et ça fait mal. Mais les petits fils d'argent, les cheveux d'ange, les guirlandes, les trucs comme ça, c'est pas mal. Avec une petite étoile au bout. On peut même mettre des petits santons en dessous, un bœuf d'un côté, un âne de l'autre. Et puis, surtout, ça permet de passer du Tino Rossi toute l'année.

Je n'ai rien à dire sur l'homosexualité. Je n'en pense rien. Je m'en fous. Entre nous, je n'ai jamais eu pour ambition ultime de devenir une figure de proue de la cause lesbienne.

La fécondation in vitro, je suis contre. Vous croyez que ça fait beau, vous, dans les églises, tous ces spermatozoïdes qu'on jette sur les vitraux, en espérant qu'ils vont féconder ! Non, franchement, et puis ça laisse la porte ouverte à toutes les dérives, il y a des types, il paraît, qui vont directement expulser leurs spermatozoïdes sur les vitraux, maintenant !

On peut faire toutes les promesses du monde à une jolie femme. À condition de ne jamais les mettre par écrit.

*

Il est très difficile de trouver une femme qui vous aimera de façon durable pour votre argent.

*

Les pharmacies donneront les pilules du lendemain aux femmes qui les réclameront. Ils les auraient bien données aux hommes aussi, mais en général, le lendemain, les hommes sont introuvables.

*

Moi, j'ai pas de jardin. J'en ai pas besoin, je vais chez Picard. Y a de tout, c'est frais, et en plus on trouve des trucs qu'on aurait du mal à faire pousser dans un potager, des harengs par exemple.

*

Aujourd'hui, le poisson est considéré comme pourri dès qu'il sent le poisson, la viande comme avariée dès qu'elle sent la viande.

*

Hier matin, la coquette salle des mariages du XVII$^{e}$ arrondissement, à Paris, a été le théâtre d'un événement sans précédent dans les annales matrimoniales.

Alors que le premier adjoint au maire posait solennellement à M. Marc-Antoine Letellius, fiancé en exercice, la traditionnelle question : « Acceptez-vous de prendre pour épouse Mlle Marie-Valentine Moulard, ici présente ? », l'interpellé, en guise de réponse, se lança dans une interminable et stupéfiante autocritique, au cours de laquelle il se déclara indigne de donner son nom à celle dont, par déviationnisme doctrinal affectif, il avait demandé et obtenu la main.

Il se plut ensuite à reconnaître que, en dépit de ses vingt-cinq ans d'âge et de son apparente bonne santé, il se sentait déjà vieux et dangereusement guetté par une sénilité précoce qui ne pouvait que le mettre, par inhibition organique, dans l'incapacité de remplir, selon la ligne dogmatique de la coexistence pacifique des sexes, ses élémentaires mais impératifs devoirs conjugaux.

Par ailleurs, continuant sur sa lancée, il fit étalage de son esprit cauteleusement dominateur, de ses tares et de ses complexes ainsi que des troubles psychopathologiques qu'il avait jusqu'ici hypocritement dissimulés, tels que : insuffisance thyroïdienne, spasmes vésicaux, incontinence énurésique, tics grotesques déformants, aérophagie détonante, sans compter les graves dérèglements glandulaires et hormonaux qui provoquaient en lui une irrésistible attirance vers certaines perversions particulières d'ordre inversement proportionnel.

S'étant ainsi exprimé, sans la moindre tentative de justification de ses actes et penchants monstrueux, M. Marc-Antoine Vergeot, après avoir embrassé le premier adjoint sur la bouche, s'en fut vers son destin solitaire, laissant toute la noce littéralement anéantie par les épouvantables turpitudes dont elle venait d'avoir l'écœurante et douloureuse révélation.

Il y a plus de variétés des plaisirs dans la nourriture que dans le sexe. Le sexe est trop répétitif. On peut faire 365 bons repas différents de suite, on peut difficilement faire l'amour de façon agréable 365 jours consécutifs. C'est des trucs à vous casser votre programme télé !

*

Je suis un grand amateur de cabillaud. J'ai même failli en faire ma vocation. Monter toute une industrie autour du cabillaud. J'aurais appelé cela : *Le petit monde du bon cabillaud.*

*

Les grands chefs sont les moins vaniteux de tous les artistes. Deux fois par jour, aux toilettes, le sort qu'ils font subir à leur œuvre les rappelle à l'humilité indispensable à tout créateur.

*

C'est vrai qu'on bouffe n'importe quoi dans les avions, mais, en même temps, il ne faut pas se plaindre, bouffer de la merde, ça simplifie la digestion, si je peux me permettre ce trait qui me prive à jamais du prix Interallié.

*

José Bové et sa Pecnoparade ? Laissez-moi me marrer ! Les paysans français, il faudra bien qu'un jour quelqu'un prenne le temps de leur expliquer pourquoi les gens boulottent des hamburgers à 17 balles plutôt que de se taper du foie gras à 300 balles la tranche !

*

L'alcool de patates, ça ne m'a jamais tenté. Autant le vin, les types qui foulent des grappes de raisins aux pieds, on arrive encore à faire de bons produits, mais fouler des patates aux pieds, c'est pas humain comme boulot !

*

Projet pour une campagne publicitaire : Les Tripiers ont du cœur !

*

La vache folle met dans une situation angoissante la corporation des voleurs d'œufs, qui propose une révision de proverbe : « Qui vole un œuf, vole de la charcuterie. »

*

Vous connaissez la recette du corbeau au fer à repasser ? Vous prenez un corbeau de deux ans, vous le plumez, vous réservez. Vous préparez un petit bouillon avec oignons, bouquet garni, sel, poivre, clous de girofle, cannelle, et tout un tas de petits légumes, carottes, navets, pommes de terre, etc., bref une petite nage, très intéressante. Ensuite, vous mettez le corbeau dedans avec un fer à repasser, et quand le fer à repasser est mou, vous mangez le corbeau.

*

Une des plus belles histoires vraies que je connaisse se passe en partie dans un wagon-restaurant. Je l'ai lue un jour dans le journal. La scène se passe en 1975, un type veut se suicider. Il monte dans un train, le train démarre. Le type attend qu'un autre train se profile à l'horizon, il ouvre la porte et il se jette au moment où l'autre train passe en sens inverse. Mais au lieu de passer sous les roues de celui-ci, il y a un appel d'air et le type ne touche pas terre, il est ballotté d'un train à l'autre, comme une balle de flipper. Finalement, sa jambe touche terre, elle passe sous les roues du train, elle est sectionnée, du fait de l'appel d'air. Elle remonte et repart, et est, elle aussi, ballottée d'un train à l'autre, jusqu'à ce qu'avec la vitesse elle casse l'une des vitres du train. Là il y a un mec qui est au wagon-restaurant, il bouffe peinard, il prend la godasse en pleine gueule. Et il meurt. Et l'autre est debout sur une patte, plus loin sur les rails. Des gens ont tiré la sonnette d'alarme, on est allé chercher le suicidé, qui aujourd'hui a une jambe de bois mais est bien vivant. Quant au mec qui était au wagon-restaurant, lui, il est mort pour ainsi dire d'un coup de pompe dans le train.

# DES BELLES LETTRES
# ET AUTRES INDIGNATIONS

Je prépare un recueil d'alexandrins consacré au céleri rémoulade, thème étonnamment peu usité par les poètes d'hier et d'aujourd'hui.

*

J'ai failli écrire de faux « Mémoires » de Landru. J'avais déjà le titre : *La Femme au foyer*.

*

La philosophie, ce n'est souvent que le snobisme du bon sens.

*

Moi, mon philosophe grec préféré, c'est celui qui a mis en valeur l'importance du non-dit dans la non-écoute. Il prodiguait son enseignement dans une pièce isolée et restait des jours sans prononcer une parole, tandis que ses disciples, dans la pièce d'à-côté, étaient dans l'impossibilité d'entendre, et donc de répéter, ce qu'il ne disait pas. Il ne reste ainsi, et pour cause, aucune trace de ses théories.

*

Plus ça va, plus je pense que le cynisme est dans les choses et pas dans le coup d'œil.

*

Si je suis raciste, c'est à cause de Rouget de Lisle, parce que moi, quand j'étais petit, à l'école on m'a appris que les saloperies d'étrangers qui venaient dans nos banlieues il fallait les égorger et arroser nos sillons de sang impur ! Alors qu'on ne vienne pas m'emmerder avec des : « Touche pas à mon pote », maintenant ! Quoi, ces cohortes étrangères feraient la loi dans nos foyers ? Quoi, ces sinistres mercenaires égorgeraient nos frères guerriers ? Mon cul ! Les étrangers, du vent ! Dégagez !... D'ailleurs, monsieur le ministre de l'Intérieur l'a dit : dans les écoles, maintenant, il faut qu'on apprenne ça, *La Marseillaise*, sûrement pour bien faire comprendre aux petits garçons ce qu'il faut faire aux types qui viennent manger le pain des Français ! Et l'étendard sanglant est levé, mon vieux ! Déjà, qu'on laisse rentrer des Espagnols qui se traînent « sans gland » sur le bord de la route !

*

Je ne peux plus la voir la littérature romanesque française. La *Vie de Jésus* par Renan, tout ça... Asphyxie ! *L'introduction à la mécanique ondulatoire*, ce genre de chose... Tout ce qui est romanesque m'horripile. Victor Hugo... Il a pourri notre jeunesse, c'est vrai ! « Mon père ce héros au sourire si doux/ Suivi d'un seul housard qu'il aimait entre tous... » Vieille tante et tout ! Un housard qu'il aimait, pour sa grande taille évidemment ! « Alors il saisit la gourde de rhum qui pendait à sa selle... » Comme si l'argent de l'État doit servir à payer du rhum pour les militaires ! C'est du propre, ça, les troufions, officiers, avec une gourde de rhum ! Ça fait bel effet ! Pas étonnant que les Américains nous surpassent. On a que des poivrots, nous en France, à cause des romanesques ! Vous n'avez jamais vu le général Eisenhower avec une gourde de rhum ! Non, les romanesques, ça va !

*

Quoi, *La Recherche du temps perdu* ? « Longtemps je me suis couché de bonne heure... » et alors ? Qu'est-ce que j'en ai à foutre de ce qu'il a fait après ? Pas besoin d'en faire des volumes ! Et *Le Petit Prince*, vous croyez qu'on doit en faire des tonnes avec *Le Petit Prince* ? C'est jamais que l'histoire d'un petit Arabe qui fait chier un aviateur en rade en train de bricoler son moteur et qui lui répète : « Dessine-moi un méchoui... » Quant au

*Petit Chose*, d'abord, je ne lis jamais de trucs cochons, ensuite on dit *la petite chose* et non pas *le petit chose*... C'est pour ça que je n'aime pas les auteurs romanesques français. Ils ne savent même pas écrire en français. Le petit chose, on dirait du Birkin, ça n'a pas de sens !

*

Maintenant, quelques petites phrases glanées çà et là dans l'œuvre d'Émile Zola, chantre du monde ouvrier. Dans *La Débâcle*, admirable récit de guerre : « C'était un capitaine, le bras gauche arraché, le flanc droit percé jusqu'à la cuisse, étalé sur le ventre, qui se traînait sur les coudes. » Quelle connerie la guerre, hein ! Essayez de vous traîner sur les coudes quand il vous manque un bras ! Mais pour Émile Zola, ça comptait pas ces choses-là. Parce qu'il avait le sens de l'envolée lyrique. Par exemple, dans *Lourdes*, on peut lire : « Oui, nous partons, dit Pierre, qui se détourna, cherchant son chapeau pour s'essuyer les yeux. » Pas mal, ça non ? Mieux encore, dans *L'Argent* : « Jeandrou avait gardé sur le cœur les coups de pied au cul de la baronne. » Meilleur écrivain qu'anatomiste, Zola, non ? Moi je dis, quand on n'a qu'un bras pour marcher sur les coudes, et qu'on garde sur le cœur des coups de pied au cul, y a bien de quoi s'essuyer avec son chapeau, non ?

*

UN NOUVEAU FOSSILE DÉCOUVERT QUAI CONTI ! On a découvert hier, en époussetant un coin sombre, les restes fossilisés d'un Gérontosaurus. Ce curieux animal, malgré ses cornes et le rostre qu'il portait au côté, n'était qu'un inoffensif verbivore. Ce fossile remonterait à l'âge de la plume taillée. Les paléontologues fondent de grands espoirs sur ce gisement qui renfermerait, croit-on, plusieurs dizaines de spécimens.

*

Le dénommé Antonin Michazéreau, sans profession définie, vient de comparaître devant la 16e chambre correctionnelle sous l'inculpation motivée de « vol qualifié de Gerfaut et usage de Gerfaut hors du charnier natal ».

*Le Petit Poucet*, faut surtout jamais raconter ça aux enfants ! L'histoire d'un bûcheron qu'est là, avec sa femme, il lui dit : « Dis donc, on a plus de pognon, alors on va paumer les gosses, on va les emmener dans la forêt, on va les laisser puis on va rentrer, comme ça on pourra se faire un plateau télé tous les soirs, peinards, on aura plus les chiards qui nous emmerdent. » Franchement, raconter ça à un gamin pour essayer de l'endormir, bon courage ! Et puis, qu'est-ce que c'est que cet abruti de bûcheron ? Entre nous, s'il ne passait pas plus de temps à sauter sa grosse qu'à aller couper du bois, il n'aurait pas autant de mômes, et il pourrait leur donner à bouffer ! Et puis, cet idiot de Petit Poucet, c'est vraiment pas un exemple d'intelligence ! Voilà bien le fils de son abruti de père ! Lui qui crève de faim, qu'est-ce qu'il fait ? Il balance les miettes par terre, au lieu de bouffer le pain, cet imbécile ! On se demande d'ailleurs où il a trouvé le pain, puisqu'ils n'ont plus rien à bouffer ! Et sans compter qu'évidemment, les miettes, les oiseaux vont s'empresser de les becqueter ! Quant à l'attitude typiquement masochiste qui le pousse à chercher à revenir chez des parents dont la seule envie était qu'il périsse dévoré par des bêtes sauvages, je vous renvoie au remarquable ouvrage de Françoise Dolto, *Dors, mon p'tit Quinquin !* Non, ce Poucet était un abruti de première. Et il faut quand même une certaine logique dans la vie ! Ça se fait pas de raconter des histoires aussi stupides à un enfant ! Déjà qu'on doit voter tous les quatre ans !

*

*Le Corbeau et le Renard*, c'est un très joli poème, je ne le conteste pas, mais pas très clair sur le plan de la vie animalière. Pour commencer, le corbeau et le renard ne possèdent pas de cordes vocales organisées, il est ainsi parfaitement stupide d'envisager entre eux la moindre conversation. Si encore il s'agissait d'un perroquet gris du Gabon... Ensuite, un corbeau, ça ne mange pas de fromage. Et surtout, un fromage, ça ne tient pas dans le bec d'un corbeau, je le sais, j'ai essayé. La configuration du bec du corbeau ne lui permet pas ce genre d'excentricité. Ou alors il a vraiment fallu habituer le corbeau quand il était très jeune, en lui faisant d'abord tenir des Apéricubes, puis des Vache qui rit, etc. Et même, en admettant qu'il puisse, au bout du compte, tenir un fromage entier, encore faut-il qu'il sache rester perché sur un arbre sans être déséquilibré par le poids dudit fromage, ce qui confine à l'impossible. Enfin, en faisant l'effort d'imagination de croire qu'un corbeau puisse tenir sur une branche avec dans le bec un fromage, que croyez-vous qu'il va faire, le corbeau, en voyant arriver un renard par l'odeur alléché ? Essayer d'entamer une conversation mondaine avec lui ou bien se barrer à fond de train, en abandonnant le frometon sur place ? Et, pour finir, on ne voit pas pourquoi un renard, qui est un carnassier de première bourre, irait emmerder un corbeau pour bouffer du fromage ! Il boufferait le corbeau, et puis c'est tout !

*

Le jour où j'écrirai mes « Mémoires », y en a qui seront drôlement surpris. Tiens, mes rapports avec Jean-Paul Sartre : qui sait aujourd'hui à quel point Jean-Paul et moi avons été liés ? Quand il a sorti son histoire d'existentialisme, par exemple, je m'en souviens encore.

Un soir, on était tous les deux à Saint-Germain-des-Prés. On buvait tranquillement un demi à la terrasse d'un bistrot. Un moment, en essuyant ses lunettes, histoire de se donner une contenance, Jean-Paul, il me dit : « Je vais écrire un livre. Le temps est venu de faire comprendre aux hommes quels sont les rapports entre l'existence et l'essence. Qu'en penses-tu ? »

Moi j'y réponds : « L'existence, je sais pas si ça intéressera les gens, parce que chacun y vit comme y veut, mais l'essence, vu que la nôtre, c'est la plus chère du monde, y a sûrement quelque chose à dire et si tu faisais des bouquins là-dessus, je crois que t'en vendrais quelques-uns.

– Tu m'as pas compris, qu'il me dit, Jean-Paul, je veux faire savoir aux êtres qu'il faut libérer son en-soi et se confronter au néant, pour que le conscient soit "résolu" au sens où Kierkegaard et Nietzsche l'entendent.

– Écoute, Jean-Paul, que j'y dis, tes copains, ils entendent ce qu'ils veulent, mais moi, si j'ai un conseil à te donner, finis ta bière et on se rentre se coucher parce que demain y a école. »

Bon, là-dessus, on se barre, je le raccompagne, j'y dis : « Fais la bise à Simone » et je rentre chez moi.

Plusieurs fois, on s'est revus, y m'a jamais plus recausé de ça.

Un jour, peut-être cinq ou six mois plus tard, je vais casser la croûte chez Malraux (parce que quand il était pas encore ministre, le Dédé, y faisait la cuisine lui-même et vachement bien). Et ce jour-là, je m'en souviens, il nous avait fait un petit salé aux lentilles, même que Jouhandeau, qu'était là aussi, il en a repris quatre fois et qu'Élise, sa bonne femme, elle lui a dit : « Bouffe pas tant, tu vas faire éclater ta chasuble. »

Bon, ça c'est autre chose. Au milieu du repas, Malraux y me dit, un peu les yeux en dessous, avec la mèche sur le tarin : « T'as lu son livre, à Sartre ?

– Non, que j'y fais, c'est bien ?

– C'est pas mal écrit, qu'y me dit, Malraux.

– C'est normal, je réponds, Jean-Paul, il est quand même instruit.

– Oui, qu'y me dit, André, mais sa théorie, elle tient pas debout. C'est l'existentialisme. Y dit qu'y faut penser à son essence et qu'y faut pas se laver les mains.

– Oh, laisse tomber, ça lui passera avant que ça me reprenne », que je dis.

Là-dessus, tout le monde rigole, et on finit la soirée beurrés comme des biscottes. Mais le lendemain, ça m'est revenu que Jean-Paul, y m'en avait déjà parlé de son machin sur l'essence, et quand, plus tard, j'ai vu *Les Mains sales* en vitrine, je me suis dit : « Ça y est, il a fait un truc sur les garagistes. » Même que j'ai pensé : « Sacré Jean-Paul, lui alors, quand il a quelque chose dans la tronche ! »

*

J'ai fait mon service militaire à la caserne Duplex. Enfin, à la prison Duplex. D'où on m'a libéré suite à des plaintes de gens du quartier. Je n'arrêtais pas de gueuler : « Au secours, je suis un Arabe, on me torture, on m'arrache un ongle ! »

*

On me reproche d'avoir dévalisé un aveugle qui faisait la manche place Saint-Germain-des-Prés. En vérité, si j'ai effectivement pris son argent, c'est de peur de le vexer si je ne le faisais pas. Il tendait en effet sa cébille vers moi en me proposant : « La charité, s'il vous plaît. » Et comme il avait l'air d'y tenir, je n'ai pas pu lui refuser ça.

J'ai jamais compris l'intérêt qu'il y avait à faire le ménage. On fait son lit, on balaye, on lave les plaques et la table de la cuisine, et trois mois après, tout est à refaire !

*

Je suis optimiste, je mets toujours un slip de bain sous mon pantalon. Et puis, c'est tellement plus commode que d'y mettre un parapluie !

*

L'ivresse du travail ? C'est vrai que ça soûle très vite.

# DE LA SOCIÉTÉ
# ET DE SES RARES INCONVÉNIENTS

Les hommes naissent libres et égaux, et peuvent obtenir n'importe quoi, à condition d'avoir du pognon.

*

J'adore les bons sentiments : ça me fait marrer !

*

Tout le monde veut sauver la planète, mais personne veut descendre les poubelles.

*

Aux dernières nouvelles, la vie d'un naufragé vaut neuf millions. Ce qui met *Le Radeau de la Méduse* à plus de deux cents millions.

*

Il n'y a pas, sur la place de Paris, plus de vingt personnalités politiques, littéraires, artistiques, qui aient quelque chose à dire.

Politiques : ces mecs qui prennent nos sous, qui piquent dans la caisse, qui touchent des pots-de-vin, qui font brûler des paillotes, qui font sauter des bateaux en Nouvelle-Zélande, qui amnistient des députés, qui créent des emplois fictifs. Ah, ça renseigne quand même sur la beauté du monde, non ?

*

Vous savez comment on devient homme politique ? C'est bien simple. C'est toujours l'histoire d'un petit garçon qui joue avec ses billes. Un jour, un méchant gamin arrive et lui prend ses billes. Le petit garçon, en pleurs, est révolté par cette injustice. Ça commence toujours comme ça, la vocation politique. Évidemment, on aura compris que, dans cette histoire, le futur homme d'État, c'est le méchant gamin.

*

Il est impossible de dire oû finit le delirium tremens et où commence l'ambition politique.

*

Voter à droite, voter à gauche, cela revient exactement à choisir la 1re ou la 2e chaîne un soir où le programme est identique sur les deux.

*

Comment voulez-vous que les hommes politiques n'aient qu'une parole, étant donné le nombre de médias !

*

Si Moïse avait été un politicien, on n'aurait pas eu les Dix Commandements mais les Dix Suggestions.

*

Les hommes politiques ont une vraie vocation de clown, au fond. L'important, pour eux, c'est de pérorer. Ils n'hésitent jamais à s'asseoir devant un micro pour répéter leur sempiternelle chansonnette dont personne n'est dupe. Ils tranchent, estiment, affirment. Ils se foutent de ce qu'ils disent. Ils doivent savoir qu'on ne les écoute plus depuis des millénaires. Leurs mots sont aussi vides que leurs têtes. Qu'importe le con, pourvu qu'il y ait l'ivresse.

*

Ce dont je suis fier dans l'existence, c'est d'avoir été traité de vieux soixante-huitard par des nostalgiques de 1942.

*

Les 35 heures, vous y comprenez quelque chose vous ? Moi, ce que je me demande, c'est ce qui arrive au mec qui ne s'arrête pas de travailler après 35 heures. Un mec qui va jusqu'à 37, voire 39 heures, qu'est-ce qui lui arrive ? Il voit débarquer un inspecteur du travail ? On lui fout une amende ? On le fout en taule ? C'est l'indignité nationale ? Imaginons Zidane, match de Coupe du monde : « Zidane passe à Machin, qui passe à Truc, qui repasse à Zidane, Zidane est seul devant les buts, il tire, c'est dans la poche mais non, attendez, il ne tire pas, qu'est-ce qui se passe ? » Il se passe que Zidane regarde la pendule, il fait un geste en direction de l'arbitre, il laisse le ballon, il gagne les vestiaires. Eh oui, avec l'entraînement, la gym, les massages, il a fait ses 34 heures 59, hop, 35 heures, c'est trop tard, dix secondes avant il aurait encore pu tirer, mais là non, il se débine, c'est la loi, c'est comme ça. Et encore je parle du sport, mais la médecine, c'est pareil ! Est-ce que le chirurgien, lorsqu'il aura fait sa 35e heure, il doit se tirer, en laissant le patient avec le cœur ouvert ? Le conducteur de train, au bout de 35 heures, est-ce qu'il va arrêter sa machine entre Troupillon-les-Oies et Namuse-en-Gélanais, en plein milieu des Deux-Sèvres ? La stripteaseuse, qui vient de retirer son sous-tif juste avant la 35e heure, est-ce qu'elle va garder son slip et retourner au vestiaire ? Une seule consolation, peut-être, la ministre de l'Emploi, après avoir dit ou fait 35 heures de conneries, peut-être qu'elle va s'arrêter.

*

J'ai déjà essayé de payer mes impôts avec le sourire. Ils préfèrent un chèque.

*

Les dirigeants des grosses entreprises ne sont pas des gens comme nous. Ils paient beaucoup moins d'impôts.

*

Je laisserais bien mon corps à la science, mais j'ai peur que les services fiscaux usent de leur droit de préemption.

*

*Bonne nouvelle pour les contribuables !*

Le ministère des Finances communique :

Lorsque le montant de l'impôt sur le revenu des personnes physiques déterminé après imputation le cas échéant de la réduction de 10 % des sommes effectivement soumises à l'impôt au titre des traitements, salaires et pensions (lorsque les rémunérations correspondantes entrent dans le champ d'application du versement forfaitaire ou en sont exonérées) est compris entre 200 et 410 € par part, la cotisation est calculée sous déduction d'une décote égale à la moitié de la différence entre le chiffre obtenu en multipliant 410 € par le nombre de parts et ledit montant.

Il appartient aux contribuables qui estiment pouvoir bénéficier de cette mesure d'adresser au directeur des impôts (contributions directes) du département dont dépend la commune d'imposition une demande de dégrèvement sur papier libre contenant un exposé sommaire des motifs susceptibles de justifier le bien-fondé de la demande.

Pour être recevables, les demandes auraient dû être déposées avant le 10 juillet 2003.

Il est impossible de ne pas parler de ce problème qu'une information laconique vient de faire naître dans notre pays : « Le gouvernement veut standardiser les suppositoires. »

Non, vous ne rêvez pas ! Le Conseil des ministres se penche, si j'ose dire, sur le représentant le plus discret et le plus humble de la pharmacopée moderne.

Il trouve que les pharmaciens exagèrent, en effet un suppositoire courant est composé d'une petite quantité de remède et d'un pourcentage élevé d'excipient. Or, les pharmaciens vendent les gros suppositoires plus chers que les petits. Ils ont donc intérêt à ne faire que des gros. Et à les faire de plus en plus gros. L'homme est vénal ! Jusqu'où peut aller son appât du gain ? Si l'on n'y prend garde, le suppositoire deviendra énorme, puis colossal, puis gigantesque, puis les pharmacies se transformeront en Cap Canaveral.

Alors, le gouvernement prend les mesures qui s'imposent. Désormais, un arrêté réglementera la forme, le volume et les dimensions des petits cônes de santé.

Mais cela ne va-t-il pas faire naître d'autres problèmes, plus importants encore. D'abord, celui de la liberté du choix. Le Français moyen a toujours été, on le sait, ennemi de la normalisation. Il en est des suppositoires comme des huîtres. Les uns les préfèrent longs et minces, les autres les souhaitent larges et ventrus. Comment l'homme de la rue réagira-t-il ?

D'autre part, standardiser le suppositoire, c'est également standardiser l'endroit où on le met.

Alors, si l'on peut diriger, orienter politiquement un pays, on ne peut en rien modifier la nature des humains qui le composent.

Et ce n'est pas tout. La France fait partie du Marché commun. Ses suppositoires entreront dans les produits qu'elle exporte.

Comment imposer ce suppositoire standard à des peuples ethniquement différents du nôtre. Le Belge, l'Italien, le Luxembourgeois ont des goûts différents. À part des Allemands qui ont un sens inné de la discipline, les Grands de l'Europe nous suivront-ils sur le chemin du suppositoire ?

Mais il y a pire. Les Anglais n'accepteront jamais d'entrer dans la combinaison européenne. Ignorant le système décimal, ils exigeront que le suppositoire soit transformé en pouces.

Quant aux Grecs...

Non... décidément, cette affaire de suppositoire me paraît vraiment mal engagée.

*

La poste restera toujours un grand mystère pour moi. Je voudrais qu'on m'explique pourquoi, à poids égal, les factures arrivent deux fois plus vite que les chèques ?

*

La mission de l'école ? Apprendre à lire, à écrire, à compter, et à investir le plus intelligemment possible son RMI.

*

Le prix du mètre carré de gaz vient d'être officiellement fixé à 3,52 €. Ainsi, maintenant, un type qui veut se suicider au gaz, il faut que sa cuisine fasse au moins 5 litres de long sur 3 kilos de large !

*

Le problème, c'est qu'on vit dans un monde où tout le monde, partout, nous enseigne le contraire de ce qu'il faut faire. Tenez, prenez les régimes, par exemple. Ces régimes qui, dès le mois de mars, s'affichent à la une de tous les journaux, féminins ou non. Vous trouvez ça bien les régimes, vous ? Bon, eh bien je vais vous raconter une petite histoire. Une de celles qu'on n'invente pas. Dans l'État de Washington, un type est condamné à mort. Comme disait Audiard, il a probablement un petit peu assassiné. Conformément aux lois de l'État de Washington, l'homme doit être pendu. Alors évidemment les avocats cherchent à gagner du temps, l'exécution est retardée, une fois, deux fois. Et pendant ce temps-là, que fait le type ? Rien. Pas de promenade, pas de sport. Il passe son temps à une seule chose, à bouffer. Il se fait livrer des repas, comme le règlement de la prison l'y autorise. Il bouffe, il baffre, il s'empiffre, tant et si bien qu'il atteint les 198 kilos. Et la date de l'exécution arrive. Là, les autorités sont formelles : on ne peut pas pendre par le cou un type de 198 kilos. La tête va se détacher du corps. Et quand la tête se détache du corps, on appelle ça une mort par décapitation. Oui, mais la loi de l'État de Washington est formelle, la mort doit être provoquée par pendaison et non par décapitation. Pour la justice, c'est un casse-tête, si j'ose dire. En attendant, le type continue à bouffer, les avocats sont prêts à attaquer l'État si le type est décapité. Alors, hein, les régimes, demandez-lui donc son avis au gars !

*

Le bronzage, encore un truc qu'est pas pour moi, ça. Si vous voulez mon avis, rien n'est plus triste qu'un postérieur pâle dans un ensemble bronzé. C'est comme un coin de Flandres corporel perdu dans une Côte d'Azur anatomique.

Pour bronzer en Bretagne, faut être aux Antilles !

*

Ça me fait marrer moi les mecs qui parlent de leurs vacances d'été à Deauville. Tu parles d'un privilège. À chaque fois que j'y suis allé, c'était la banquise. Avec la pluie en plus. Je cherchais les pingouins. Pourtant la municipalité fait des efforts, puisqu'elle a fait construire pour moi un tunnel grillagé qui va de la porte de mon hôtel jusqu'à la mer. Il y a quatre ans, j'ai fait un effort, j'ai trempé un pied, puis on m'a tout de suite transporté à l'hôpital. Le seul avantage, là-bas, c'est que le soir on n'a pas le temps de s'emmerder. Il faut sans cesse surveiller le feu pour ne pas crever de froid.

*

On était malheureux pendant la guerre. On avait des cartes de pain, de vin, de tabac, de viande, etc. Mais maintenant, c'est chouette. C'est la liberté. « Allez, viens mémère, on part en vacances. T'as tes papiers ? Oui, attends. Ma carte de SNCF, ma carte d'identité, ma carte d'électeur, ma carte de Sécurité sociale, ma carte d'allocations familiales, ma carte grise, ma carte bleue... » Enfin, vous pouvez continuer l'énumération.

Qu'est-ce que vous voulez que je vous dise ! C'est les vacances. Y a du soleil. Je voudrais bien chanter : y a de la joie. Mais c'est pas possible. Et encore une fois je vais être obligé d'être grossier pour conclure. Le jour où on va créer la carte de connerie, va falloir réquisitionner tous les imprimeurs !

*

Le stationnement est devenu mission impossible à Paris. Le mieux, c'est encore d'acheter une voiture déjà garée.

*

Moi, je ne les aime pas ces auto-stoppeurs. Pour moi, un auto-stoppeur c'est un ringard qui se dit : « Je vois pas pourquoi je me mettrais des frais sur les reins. Je vais lever mon pouce en l'air, y a bien un bon ballot qui paye son essence, son assurance et son crédit pour la voiture qui va m'emmener faire un petit tour à l'œil. »

*

Bientôt, quand on achètera des piles, les piles ne seront pas incluses.

*

Les statistiques sur la mortalité qui viennent de paraître sont édifiantes, mais personne ne sait en tirer la juste conclusion. Si je lis bien, il y a 10 % des gens qui meurent du tabac et 15 % des gens qui meurent de l'alcool. Ça fait donc 25 %. Il y a 20 % des gens qui meurent à l'hôpital et 45 % des gens qui meurent dans leur lit. Il me semble donc logique qu'avant de supprimer l'alcool et le tabac, l'urgence est de supprimer les lits et les hôpitaux. On ne dira plus, après ça, que je suis allé à l'université de Montluçon pour rien !

*

J'en connais qui seraient capables de tuer pour avoir le prix Nobel de la paix.

*

Toute cette agitation autour des pitbulls, franchement ça me dépasse ! Après tout, ils ne sont pas plus dangereux que les crocodiles !

*

Je n'ai jamais compris les plaisirs du sport. Quelle idée de sauter dans une piscine d'eau froide et de se démener pour arriver le premier alors qu'on peut se baigner tranquillement dans l'eau chaude avec des objets en caoutchouc ! C'est comme ces vingt-deux mecs qui courent après un ballon, alors que je suis sûr que ce ne serait pas si cher que ça de leur filer vingt-deux ballons. Un chacun. Comme ça, au moins, ils foutraient la paix.

*

Corrida : les bouchers à l'arène !

*

Dans le noble domaine du sport, et dans celui du sport cycliste, en particulier, s'il est une tradition qui a toujours été scrupuleusement respectée, c'est bien celle du tour d'honneur du vainqueur. C'est le cas dans toutes les compétitions sur piste ainsi que celui de chaque gagnant d'étape du Tour de France au vélodrome d'arrivée. Or, rien de tel n'existe en ce qui concerne le vainqueur final du Tour, dans son actuelle conception. C'est pourquoi nous crions au scandale. Si les organisateurs avaient tant soit peu le sens de leurs responsabilités ainsi que le respect des efforts surhumains accomplis par le champion des géants de la route, ils réserveraient un Tour de France d'honneur au tenant du titre.

Celui-ci, après la fin des épreuves et la proclamation des résultats officiels, reprendrait la route et effectuerait à nouveau, une gerbe de fleurs à la main, honorifiquement, tout seul, sans suiveurs, sans manager, sans coéquipiers, sans domestiques, sans ravitailleurs spéciaux, sans canettes à la volée, et malgré l'absence de ses admiratrices et de ses supporters survoltés depuis longtemps retournés à leurs occupations, le parcours intégral du Tour de France qu'il vient de faire pour la conquête du prestigieux maillot jaune. Et ce ne serait que justice !

*

Les règles de société, ça me fait marrer ! Par exemple, quand j'entends qu'il faut descendre *devant* une femme dans l'escalier, parce que c'est plus simple pour la rattraper si jamais elle tombe. Franchement ! Si on est devant, c'est trop tard, on la voit tomber que quand elle nous dépasse !

*

L'argent des uns n'a jamais fait le bonheur des autres.

*

Tout vient à point à qui sait attendre. Même un steak bleu.

*

La caresse est mère de tous les vices.

*

Qui vole un chef-lieu de canton de la Seine-Maritime, vole Elbeuf.

*

Au diable la varice! Passez vos vacances à Bagnoles-de-l'Orne...

# DE LA SCIENCE
# ET AUTRES INCONSÉQUENCES

*À George W. Bush :*

Tout le monde sait que la radioactivité vient de l'atome et absolument personne n'ignore que la tomme vient de Savoie. C'est donc de Savoie que vient le danger et, à l'heure où les grandes puissances réduisent leur production de matières fissibles, la Savoie menace l'équilibre international et la sécurité mondiale en produisant de la tomme jusque dans la moindre de ses manufactures, d'ailleurs dûment camouflées en fermes. Et déjà le mal se propage dans notre pays et même à l'étranger, la tomme de Savoie est en vente libre et son indispensable accessoire, le service à fondue, plus redoutable encore que les fusées intercontinentales du fait de son aspect inoffensif et de son prix de revient moins élevé qui le met à la portée de tous sans éveiller la méfiance. La tomme est maintenant dans tous les foyers et une insignifiante querelle de ménage ou une ridicule divergence d'opinions entre voisins peut à tout moment dégénérer en un carnage atroce et être le prétexte à l'anéantissement par désintégration de toute notre civilisation. Il est d'ailleurs probable que la Savoie entretient des intelligences avec l'étranger, l'Angleterre, par exemple, notre alliée d'aujourd'hui mais, ne l'oublions pas, notre ennemie d'hier. Une question se pose aux esprits aiguisés : le Savoie Yard n'a-t-il pas une parenté sous-jacente avec Scotland Yard ?

*

On nous pollue les oreilles avec le réchauffement de la planète, mais quoi, c'est quand même une bonne nouvelle, non ? L'ozone, l'ozone, qu'est-ce qu'on en a à foutre de l'ozone, si vous voulez mon avis, l'ozone, elle en tient une couche ! Et cette histoire de fonte du pôle Nord, qu'on ne me dise pas que c'est un drame ! Allez demander leur avis aux principaux concernés, les Lapons, les Esquimaux. Eux, ils sont plutôt contents ! Ils vont enfin pouvoir se trimballer en calebar. Ils ont vécu à – 30 pendant des siècles, ils vont enfin pouvoir laisser tomber la veste ! Ils attendent déjà les palmiers. Ça c'est une bénédiction, les palmiers. S'il y avait eu plus tôt des palmiers sur les icebergs, les mecs du *Titanic* auraient vu le palmier, ils se seraient dit : « Merde, un iceberg ! » et ils seraient peut-être encore là aujourd'hui ! Alors, hein, les dangers du réchauffement, si vous voulez mon avis, c'est encore une histoire de curés ça, calotte glaciaire et compagnie. Et puis surtout, le danger, si danger il y a, il est pour dans des millions et des millions d'années, ce qui nous laisse largement le temps d'aller nous garer.

*

Louis Pasteur, il a jamais rien étudié, il a tout découvert par hasard ! Il renversait une fiole sans le faire exprès, les trucs se mélangeaient, oh merde, qu'est-ce que c'est que ça ! C'est comme ça qu'il a découvert la pasteurisation, il a laissé bouillir un machin en pensant à autre chose, pof, le lait ne tourne plus, miracle ! Et qu'on ne me dise pas qu'il s'est pas passé des choses avec le petit Joseph Mezner. Le gamin est arrivé, un petit garçon assez joli :

« Un chien m'a mordu, m'sieur !

– Ah, viens sur mes genoux, mon petit bonhomme ! »

Vous voyez, entre nous soit dit, comment la légende change l'histoire. Parce que, la vérité, c'est que c'est le petit Joseph Mezner qui a mordu le chien. Le chien y était pour rien, le pauvre, on l'a tué pour rien, c'est cet imbécile de gosse alsacien qui se trimballait partout, il mordait tout ce qui bouge, alors il est arrivé, il a mordu le chien, pof, le chien s'est mis à baver, et Pasteur n'y a vu que du feu. Comme quoi c'était bien un imbécile. Et puis franchement, les paroles de *La Marseillaise*, il aurait pu trouver autre chose. C'est à se demander à quoi il pensait quand il les a écrites. Non, moi, les Québécois, c'est vraiment pas mon truc.

*

À moins d'avoir beaucoup bu, on ne peut distinguer les photons à l'œil nu.

*

Pourquoi n'a-t-on pas pensé à faire le fuselage des avions dans le même métal que les boîtes noires ?

*

Ah les progrès de la science ! Maintenant on clone direct à partir de l'ADN, sans passer par la case spermatozoïde. Que les spermatozoïdes du « donneur » soient viables ou pas, plus rien à foutre. J'attends le jour où un mec dira : « Je suis stérile, mon père l'était, mon grand-père aussi, mon arrière-grand-père également. Et ma mère ne pouvait pas avoir d'enfant, sa mère non plus, sa grand-mère pareil ! »

*

La génétique, qu'est-ce que c'est, vous demandez-vous. Eh bien la génétique, c'est l'hérédité. Un exemple : si votre père est chauve, avec beaucoup de poils sur la poitrine, eh bien vous avez toutes les chances d'être chauve, avec du poil sur la poitrine. Si votre mère est chauve, si elle a également du poil sur la poitrine et surtout si elle s'appelle Raymond, nous reviendrons là-dessus plus tard, si vous le voulez bien, lorsque le Pacs sera mieux perçu par tout le monde.

*

Les OGM, laissez-moi me marrer. Les mecs qui y travaillent engloutissent des budgets phénoménaux pour croiser le chou et le radis. À l'arrivée : une plante nouvelle, avec les racines du chou et les feuilles du radis. De quoi donner à bouffer au tiers-monde, non ?

*

Le problème du vide-ordures dans les immeubles modernes de construction récente est plus que jamais à l'ordre du jour. Il est donc rappelé aux occupants des lieux desdits immeubles que, par principe et par définition, le vide-ordures est destiné à demeurer bouché d'une manière quasi permanente. Si, contre toute logique, il lui arrivait de fonctionner normalement, les locataires ou les propriétaires d'appartements sont habilités, en droit, à adresser, par pli recommandé, une réclamation au gérant responsable, afin que celui-ci prenne toutes mesures utiles pour la remise en état de non-fonctionnement de l'installation litigieuse en question. (Décret numéro 64.564 du 10 juin 1962, modifié par décret 51.280 du 12 février 1963, rectifié par l'arrêté du 15 mars 1964.)

*

L'hortensia est une plante carnivore. Il ne faut jamais la caresser ! Elle peut vous arracher un bras, il faut le savoir. On appelle d'ailleurs l'hortensia le crocodile des plantes. Moi, j'en ai planté un peu partout autour de chez moi. Pour dissuader les voleurs. Depuis, mes primes d'assurance ont considérablement baissé ! C'est efficace, ça, les hortensias. Mais c'est à manier avec prudence. Regardez les gardiens de square ! Il leur manque toujours un bras. Ce sont des accidentés des hortensias.

*

Je me demande pourquoi les gens s'obstinent dans les parcs et les jardins à attendre que les feuilles soient mortes pour les ramasser, en se baissant, alors que ça serait beaucoup plus pratique de les couper quand elles sont encore vertes.

*

On croyait connaître toutes les possibilités humaines. En fait, on ignorait la plus importante : l'homme est aimanté. Il est attiré irrésistiblement par le fer.

Cette loi de la physique est démontrée chaque jour – placez une poubelle devant votre porte. Demain matin, à l'aube, deux ou trois hommes invinciblement attirés viendront la prendre. Abandonnez une voiture en pleine rue. Dix minutes plus tard, un rassemblement se forme autour. Groupez des centaines de voitures (appelez ça le Salon de l'auto, par exemple) et vous constatez que des milliers de gens sont drainés, par la force magnétique, vers ce gigantesque tas de ferraille. Si un piéton (chargé d'une force magnétique positive) est souvent attiré par le spectacle d'une voiture qui se gare, il change totalement de comportement dès qu'il est lui-même au volant. Il se met à zigzaguer, il freine, il emprunte des départementales. Bref, il essaye d'éviter les autres voitures. Le fer ne l'attire plus. Il est devenu négatif.

Les conséquences de cette découverte sont considérables, tant sur le plan militaire que civil. En effet, il suffira que les tanks d'armées adverses soient chargés de la même force magnétique, positive ou négative, pour qu'ils se repoussent. C'est sans doute la fin des champs de bataille et le début des champs magnétiques.

Au point de vue civil et pratique, le gouvernement met déjà sur pied une vaste organisation afin de rendre la vie aux bourgs abandonnés, aux campagnes désertées. C'est ainsi qu'on a déposé sur la place principale de Mouflon-les-Yvettes deux tonnes de ferraille. Le village était vide. Huit jours plus tard, même phénomène que pour Beaubourg, on signalait que les automobilistes faisaient un crochet pour aller voir cette montagne de fer. Puis un guide s'est installé à demeure pour faire visiter. Enfin, la semaine dernière, vingt-cinq antiquaires parisiens ont fait spécialement le voyage pour acheter.

Aux dernières nouvelles, l'État envisage d'utiliser des tas de ferraille pour attirer les Français sur les plages du Nord, aux urnes et dans les théâtres subventionnés. Ce n'est qu'un début, bien sûr. Mais, quoi qu'il en soit, l'élan est donné.

C'est fou le nombre de fourmis qui prennent feu sans aucune raison apparente. Je le sais d'expérience. Quand j'étais môme, j'ai passé de longues après-midi à les observer à la loupe sous un soleil de plomb.

Les moutons ont quand même cet avantage sur l'homme qu'on les conduit à l'abattoir sans leur parler patriotisme ou promesse d'un monde meilleur.

# DES MÉDIAS, DE LA PRESSE, ET JE VAIS ENCORE ME FÂCHER AVEC TOUT LE MONDE

Je ne mens jamais. Sauf quand je lis le journal tout haut, évidemment.

*

Quand mettra-t-on enfin sur le marché un quotidien dans lequel un poisson qui se respecte pourrait se faire emballer sans honte ?

*

Je m'intéresse à la vie rurale, moi : je lis *Libération*.

*

Si les choses ne tournent pas rond ici-bas, c'est à cause du format du *Figaro*. Bon, vous me direz, et ma concierge la première : « Les journaux, plus qu'ils sont grands, moins qu'il en faut pour étaler par terre quand on a les peintres. » D'accord. Mais songez maintenant aux gens du peuple qui vivent dans des HLM où les salles de séjour ne mesurent pas plus de quatre mètres dans le sens le plus long. Comme ils vivent au minimum à cinq, s'ils décident ensemble, et de front, de lire *Le Figaro*, l'un d'entre eux est obligé de sortir, et l'on s'étonne ensuite que les familles soient divisées ! Quand aux gens de la haute bourgeoisie, qui passent leur temps à prendre des bains et qui lisent leur quotidien dans l'eau, ils sont obligés de laisser leurs bras hors de la baignoire pour tenir *Le Figaro* déplié. Alors ils ont froid. Sans compter que maintenir ouvert un journal de cette dimension fatigue les bras et ankylose les deltoïdes. On s'étonne après ça d'avoir des patrons excédés ! Sans parler des fonctionnaires qui ne peuvent le cacher dans leur sous-main et des ecclésiastiques qui ne peuvent le plier dans leur bréviaire. Un ami m'a rapporté qu'à Rome, pendant le conseil œcuménique, un des pères conciliaires, qui était très âgé, a dû, pour pouvoir lire son *Figaro* sans se fatiguer, l'épingler sur le surplis du cardinal qui était assis devant lui. Ce qui est parfaitement incompatible avec la dignité épiscopale et qui constitue sans doute une raison suffisante pour que les directeurs du *Figaro*, penchés sur leur table de travail en marbre et en ébène, les pieds posés sur un smyrne douillet et le teint coloré par la lumière que réfléchissent, sur les murs tendus de cashmere hindou, les Van Gogh et les Renoir qui ornent leurs bureaux, s'arrêtent un instant pour réfléchir à une éventuelle modification de leur format. Le monde ne s'en porterait pas plus mal.

*

La simplicité, c'est pas leurs trucs aux journaux. Tous ces termes en -isme, en -ité, hier encore, un journal parlait de la napoléonéité de la Corse, et c'est comme ça tous les jours. Aujourd'hui, vous ne trouverez plus un seul journaliste dans la presse parisienne pour écrire : « L'amour est enfant de Bohème, il n'a jamais, jamais connu de lois ! », le mec, tout de suite il traduirait ça en langage journalistique : « Le tropisme biologique est un ressortissant tchèque d'origine germanique spécifiquement autodéterminé. »

*

La vérité dépasse l'affliction. Voici une petite annonce parue au début du siècle dans le journal *L'Universel* : « J'ai l'honneur de faire part à mes amis et connaissances que la mort m'a enlevé ma chère et tendre épouse au moment précis où elle me donnait un fils, pour lequel je cherche une bonne nourrice, en attendant que je trouve une nouvelle compagne, jeune, jolie et possédant 200 000 francs, pour m'aider à diriger mon commerce de lingerie très renommé que je vais bientôt liquider, avant de le transporter dans la maison que je viens de faire construire au numéro 174 de l'avenue de la Victoire, où il me reste à louer de magnifiques appartements. » Vous avez bien lu : en une seule annonce le mec a fait savoir la mort de sa femme, la naissance de son fils, la demande d'une nourrice, la recherche d'une nouvelle épouse, l'âge et la dot souhaitée, il a fait de la réclame pour son commerce, il en a annoncé la liquidation, il a fait connaître son changement de domicile, la construction d'un immeuble et il fait savoir qu'il a des appartements à louer. On peut difficilement faire mieux !

*

Ce matin dans la presse : « Après l'avoir violentée, les deux individus ont abusé d'elle. » Ça fait beaucoup, non ? Un peu plus, ils allaient se la farcir !

*

Outre les coquilles, ce que je trouve savoureux dans la presse, c'est l'erreur qui se produit entre le moment où le journaliste écrit son article et le moment où il est imprimé. Parce que c'est dans cet intervalle que sévissent les correcteurs qui, quelque fois, aggravent les choses. La plus belle que j'ai trouvée, c'est dans un journal breton. Le journaliste avait écrit SE pour sud-est, en abrégé. Le début de son article était : « Le navire a quitté le port à 14 heures, poussé par un léger vent de sud-est. »

Passé dans les mains du correcteur, c'est devenu, une fois imprimé : « Le navire a quitté le port à 14 heures, poussé par un léger vent de Son Éminence. » Je sais bien que la Bretagne est un pays catholique, mais là, j'me marre !

*

*Correspondant de guerre* : personne qui pompe son oxygène dans l'air conditionné des palaces, puise son inspiration dans le Chivas régal et cueille ses informations aux communiqués de presse dont il trouve chaque matin un exemplaire sur leur plateau de petit déjeuner.

*

À mon avis, si les critiques littéraires ne lisent pas les livres, c'est tout simplement par peur d'être influencé dans leurs a priori.

*

Ils nous font chier depuis un moment avec cette histoire de la télé qui serait cause de la crise du cinéma. Moi, je crois que le vrai problème de nos soirées, c'est qu'il y a autant de raisons d'aller au cinéma qu'il y a de chaînes de télé, et qu'il y a autant de raison de rester devant la télé qu'il y a de films à l'affiche. Tout est nul, la voilà la vérité. Je ne vois pas l'intérêt de payer pour aller voir des mauvais films au cinéma alors que je peux en voir gratuitement chez moi à la télé ! Et puis surtout, si c'est vrai que la télé tue le cinéma, alors il n'y a qu'à installer des télés dans les salles de cinéma et le problème sera réglé !

*

La télé, c'est vraiment devenu n'importe quoi. Dans la surenchère de conneries, on ne peut pas imaginer mieux. Les mecs sont prêts à tout pour passer à la télé. Moi, je voulais organiser en prime time le grand championnat de claques dans la gueule. Tu dis : « J'en ai pris douze dans la gueule ! », y a forcément un con qui va se présenter pour en prendre quinze, un autre qui va dire : « Moi, je peux en prendre trente-quatre » et ainsi de suite jusqu'au mec qui en prendra onze mille avant, peut-être, de réaliser sa connerie.

*

Ce qu'il y a de bien avec les animateurs télé, c'est que ce qui leur manque en intelligence, ils le compensent très largement en connerie.

*

Même si bien des choses de mauvais goût me font rire, je me suis élevé, il y a deux jours, contre le projet qu'avaient formulé mes collègues d'un journal satirique de consacrer un numéro aux monstres.

Ce n'est pas que le monstre ne soit pas rigolo. Il l'est, le monstre. Est-il en effet chose plus plaisante et plus apte à faire jaillir le rire qu'une bonne tronche aux oreilles décollées, au pif aplati, à la bouche trop grande et aux yeux bigles, posé sur un corps étriqué ?

Et, en son temps, M. Jospin n'a-t-il pas fait la joie de milliers de petits enfants des écoles qui, lorsqu'il remontait les Champs-Élysées, venaient lui jeter des cacahuètes ?

Non, c'est un fait, le monstre fait rire. Mais celui qui l'a vu reste traumatisé. Et la nuit, dans ses songes, apparaissent des images qui risquent de faire naître chez le sujet influençable des paranoïas, des schizophrénies et même, dans certains cas, de l'urticaire.

Or, ce journal est lu par quantité de jeunes gens, voire d'enfants. Imaginez ce qui peut se passer dans leur cerveau, si nous ne censurons pas nous-mêmes tout ce qui peut agir sur leur psychisme.

C'est que ça va vite à cet âge-là. Un exemple ? Un jour, je me trouvais avec ma petite cousine de douze ans dans un cimetière. Nous étions en train de déterrer le cadavre d'un pendu pour chercher sous le cercueil une racine de mandragore susceptible de me servir dans mes expériences de magie noire.

Elle m'aidait de son mieux. La veille, en effet, pour faire apparaître d'horribles démons, je lui avais versé du sang sur la gorge et j'avais invoqué le Yog Sothoth, la chèvre aux seins de femme qui se nourrit du cerveau des soldats morts.

Mon expérience n'avait pas réussi.

Elle avait vu ma déception et m'aidait de son mieux, en creusant la terre de ses ongles ensanglantés, pour dégager la tombe.

Tout à coup, dans un bruit apocalyptique, résonnèrent d'épouvantables cris et, soudain, dans l'ombre, apparurent des créatures horribles, dérangées sans doute par notre travail.

D'affreuses griffes vertes se tendaient vers nous. Traînant des sacs d'ossements et poussant des cris obscènes, en buvant dans des crânes des flots de sang noir et épais, elles nous entourèrent et, dans une sarabande infernale, se mirent à danser sur les tombes, réveillant ainsi les chiens infernaux qui dorment au fond des caveaux.

Troublés par tout ce bruit, nous ne pûmes terminer notre travail et rentrâmes à la maison, regarder la télé.

Ce soir-là, il y avait Thierry Roland. Vous me croirez si vous voulez : pendant la nuit, ma petite cousine ne cessa de pousser des cris dans son sommeil.

C'est pour ça que je m'élève contre ce numéro spécial monstrueux. Nous sommes là pour faire rire et pas pour publier des horreurs, sinon nous travaillerions à *Minute*.

Quand j'étais môme, la chaîne météo, ça existait déjà. On appelait ça la fenêtre.

*

*Star Academy :* J'ai connu un temps où les chanteurs essayaient de devenir célèbres. Aujourd'hui, ce sont les célébrités qui essayent de devenir des chanteurs.

*

Franchement, quand on voit qui est célèbre aujourd'hui, on s'étonne qu'il y ait encore des mecs qui aient suffisamment mauvais goût pour rêver de l'être eux aussi un jour.

*

C'est Géraldine Chaplin qui m'a raconté la plus belle anecdote sur la célébrité. Un jour, elle se promenait dans la rue, en Espagne. Elle croise deux femmes, qui s'arrêtent. L'une lui demande :

« Je peux avoir un autographe, s'il vous plaît ? »

L'autre se tourne vers son amie :

« Mais qui c'est ?

– Tu ne la reconnais pas ? C'est la fille de Laurel et Hardy ! »

*

*Dans* Tout le monde il est beau, tout le monde il est gentil, *Christian Gerber, animateur vedette de la radio, interprété par Jean Yanne, se fait licencier par Plantier, directeur de la station, interprété par Jacques François. Avant de s'en aller, Gerber récite un petit « compliment » à l'attention de Plantier :*

Plantier, vous êtes con, vous me trouvez grossier
et moi, mon cher ami, je vous trouve vulgaire.
Vous ne comprenez pas, je vais vous expliquer.
Dire « merde » ou « mon cul », c'est seulement grossier.
Maintenant, voyons donc tout ce qui est vulgaire.
Prendre une voix feutrée et, sur un ton larvaire,
vendre avec slogans, aux bons cons d'auditeurs,
les signes du zodiaque ou le courrier du cœur,
connaissant son effet sur les foules passives
faire appel à Jésus pour vanter la lessive,
employer les plus bas et les plus vils moyens,

faire des émissions sur les vieux, sur la faim,
sur le cancer, enfin, jouer sur le sentiment
afin de mieux fourguer vos désodorisants.
Tout cela, c'est vulgaire, ça pue, ça intoxique,
mais cela fait partie du jeu radiophonique.
Vendre la merde, oui, mais sans dire un gros mot,
tout le monde est gentil et tout le monde est beau...
Mais là, pauvre Plantier, vous ne pouvez comprendre
et, dans un tel combat, je ne puis que me rendre !
Alors, Plantier, salut, je préfère me taire.
Je crains en continuant de devenir vulgaire...

*

Je parle l'arabe, mais je ne le comprends pas. Et, d'ailleurs, les Arabes non plus ne me comprennent pas.

*

En turc, je ne sais qu'enjoindre mon interlocuteur de façon assez familière à aller pratiquer un coït furtif d'une façon involontaire avec quelqu'un qui appartient au même sexe que lui.

*

Je ne connais qu'une phrase en arménien, *Chapgavaou mparononaz emgazuim*, et ça signifie : « J'irai rouler en voiture sur les bords de ton chapeau », ce qui, entre nous, n'est pas si simple que ça à placer dans une conversation.

# DE L'HISTOIRE DE FRANCE, DE LA RELIGION ET AUTRES ON-DIT

Si Attila était vivant, il serait percepteur.

*

Il paraît qu'après sa mort on a fait bouillir le corps de Saint Louis dans du vin. Et pourtant, il n'était même pas bourguignon !

*

Philippe le Bon, voilà un très gentil souverain, très sympathique, aimé de tous, serviable, jamais un mot plus haut que l'autre, vraiment le brave mec, lui je l'adore. Y en a des rois qu'ont été atroces, mais Philippe le Bon, rien à dire, c'était vraiment un type adorable. Les exemples de sa gentillesse abondent dans les livres d'histoire. Tous les témoignages concordent, tous les matins il promenait son chien dans la rue, il saluait tout le monde :
« Comment allez-vous, monsieur Vergeot ?
– Très bien. Et vous, Votre Majesté ?

– Ça va, ça va. Un bonbon pour la toux ? »

Il distribuait des pastilles Valda, il en avait plein les poches, il donnait des cachous aux enfants. Et ça, bien avant le maréchal Pétain ! Il était formidable ! C'est lui qui a créé l'ordre de la Toison d'or. Parce qu'il était amoureux d'une blonde, une Flamande. Il s'est attribué la première décoration, qui était constituée de la toison intime de la dame. Une certaine Lucette Van De Beghe, dont il adorait la toison. Un jour, il a voulu l'emmener à la plage, il avait un peu d'argent quand même, le Philippe, bon, elle s'est fait faire le maillot, il est tombé quelques poils sur le tapis. « Oh ma Lucette ! », il s'est précipité pour les ramasser, il avait un petit médaillon, qu'elle lui avait donné pour mettre ses médicaments, parce qu'il souffrait de maux de crâne, il a mis les poils dedans. Un mec était là, il lui a demandé :

« Qu'est-ce que c'est monsieur Le Bon ? »

Il a répondu :

« J'aime beaucoup madame et, à partir de maintenant, la Toison d'or sera distribuée aux bons époux. »

Notez bien qu'on l'a échappé belle. Heureusement qu'il était amoureux d'une Flamande et pas de la reine du Portugal. Parce que, alors là, pour la Toison d'or, on aurait été marron !

*

C'est Louis XIII qui a créé les régiments de dragons. Il y avait une coutume à l'époque : tous les soirs à 11 heures, les dragons faisaient des barrages pour arrêter les gens. Et aux nouvelles recrues qui s'en étonnaient, on répondait : c'est le *barrage d'onze heures, mon dragon* !

*

*La fuite de Varennes*, c'est une des plus grandes injustices de l'histoire... Après, on critique les plombiers mais il faut bien se rendre compte qu'à l'époque ils n'avaient pas d'outils aussi perfectionnés qu'aujourd'hui !

*

Je ne peux que m'étonner devant la gloire injustifiée de Christophe Colomb. De vous à moi, franchement, l'Amérique c'était pas bien difficile à découvrir, vu la hauteur des buildings.

*

Une histoire vraie, maintenant. L'inspecteur général Macon, en février 1964, demanda que soient constitués trente jours de stock alimentaire pour nourrir la population française en cas de guerre atomique. Or, il n'existait qu'un seul abri atomique à l'époque, celui de la Présidence. L'idée de

Macon était donc de stocker de la bouffe pour des gens qui seraient déjà tous mourus ! Si vous voulez mon avis, l'inspecteur général Macon, il devrait écrire son nom au masculin !

*

Je ne conteste pas l'intérêt qu'il y a eu à envoyer des missionnaires chez les cannibales. Les progrès ont été fulgurants. Le vendredi, les cannibales ne mangeaient plus que des pêcheurs.

*

Je me suis lancé dans la méditation. C'est mieux que de rester bêtement assis par terre sans rien faire.

*

On apprend que le dalaï-lama a été pris d'une crise de folie : il se prend pour un quadrupède homonyme d'Amérique latine et emmagasine de l'eau pour le cracher au visage de quiconque le rencontre.

*

Une nouvelle secte druidique veut évangéliser les jeunes – elle a décidé d'envoyer les druides aux bleus.

Sur plainte de l'évêque de Tarbes, le dénommé Augustin Izarraburru, charcutier à Lourdes (Hautes-Pyrénées), sera traduit en correctionnelle sous l'inculpation d'escroquerie et de tromperie sur la marchandise. Ce peu scrupuleux individu vendait en effet aux pèlerins trop crédules de l'andouillette, soi-disant consacrée, et des chapelets de cervelas, soi-disant bénits, en affirmant que sa camelote possédait des vertus curatives surnaturelles susceptibles de guérir les oreillons et les hémorroïdes d'origine administrative. De nombreuses personnes ont confirmé ses dires et ont déclaré qu'elles viendraient témoigner en sa faveur devant le tribunal.

*

Mes bien chers frères. Je suis venu ici dans l'intention de vous lire une lettre de saint Paul adressée aux Corinthiens, mais le temps me faisant défaut, je ne pourrais vous lire l'intégralité de la lettre adressée par saint Paul aux Corinthiens et je me contenterais donc de vous lire la fin de la lettre adressée par saint Paul aux Corinthiens : « Veuillez agréer, chers Corinthiens, l'expression de ma considération distinguée. »

*

Dieu est unique et multiple, bon et cruel, et devrait pouvoir se placer dans la catégorie des welters (1,75 mètre, moins de 70 kilos).

*

Si les triangles avaient un Dieu, il aurait trois côtés.

*

Je porte la barbe pour ressembler à Dieu. Et ça marche ! Les gens se mettent à genoux devant moi. Partout où je vais, on me prie.

*

Si Dieu avait voulu qu'on aille à la messe, il aurait fait les bancs d'église plus confortables.

*

De plus en plus de gens s'éloignent de l'Église pour se rapprocher de Dieu.

*

C'est Noël. On a déjà installé le sapin, triste conifère imbécile, et on a gaspillé des heures d'efforts pour essayer de le faire tenir debout, en mobilisant tous les objets lourds de la maison, plus des bottins, des tonnes de vieux journaux, le tout enfoncé autour des racines, dans une marmite, dont on aura justement besoin pour faire cuire les marrons. Et on a enveloppé le tout de papier argent, ce qui est, on s'en doute, d'une incommensurable laideur. On a déguisé les maigres branchages d'un tas de cochonneries brillantes et lumineuses, d'angelots en matière plastique, de bougies qui coulent sur la moquette et autres horreurs. Et pendant trois semaines, cette débauche de verroteries sur un arbre desséché va donner l'impression de vivre aux côtés d'une dame du Femina. C'est Noël, c'est la coutume, alors réjouissons-nous. Il est né le Divin Enfant. Mais les lendemains, vous y avez pensé aux lendemains ? Je ne parle pas de la vaisselle sale ou cassée, des taches de vin sur les rideaux, des frais de blanchissage, du parquet souillé... tout cela n'est rien... mais les aiguilles du sapin, les aiguilles, en voilà des saletés qui se piquent partout, dans les tapis, dans le tissu des fauteuils, le 14 juillet on en ramasse encore ! Et les boules de verre qui se cassent immanquablement et que les invités piétinent ! En voilà des cochonneries, que vous maudirez longtemps quand votre chien va les manger et attraper la colique... Et le feu, vous y avez pensé au feu ? Il est bien évident qu'on ne peut pas impunément mettre des bougies allumées dans un arbre pourri de résine sans qu'un logis sur deux se transforme en foyer, se mette à flamber, évanouissant en un instant des années d'efforts, de soins intensifs, passées à accumuler des bibelots et des meubles attachants dans un décor conçu avec amour. Eh bien, vous serez bien avancés quand vous vous retrouverez à l'asile de l'Armée du Salut, quelques hardes sous le bras et votre police d'assurance à moitié cramée dans votre main crispée ! Ah, ah, ah ! Mon beau sapin, roi des forêts ! J'me marre, tiens !

L'habit fait le moine. Sinon, on se demande comment le pape s'habillerait.

*

C'est dur d'être pape. Il a pas de collègue. Il a personne avec qui causer boulot.

Sa Sainteté Jean-Paul II va, dans les jours prochains, être appelée à prendre une décision importante : oui ou non, le fait de doubler en troisième position et en haut d'une côte est-il un péché mortel ?
Selon les milieux proches de la secrétairerie pontificale, le pape inclinerait pour l'affirmative, sauf lorsque l'automobiliste imprudent prend des risques graves dans le seul but d'arriver à l'heure à la messe.

*

Jésus revient ! Que tout le monde fasse semblant d'être occupé !

*

Je suis surpris qu'on n'ait pas encore pensé à la parabole gratuite pour l'achat de deux bibles.

*

Dieu, j'ai compris qui c'était quand il a chassé Adam du paradis. Il fallait vraiment être cruel pour faire ça ! Quand on y pense, c'est vraiment un truc de maboul, on vire pas un mec tout de suite après une opération de la côte ! Il était malade, le pauvre Adam. Quand on y pense, il était là, il dormait peinard, il demandait rien à personne, l'autre cinglé est arrivé, il lui a arraché une côte et direct il lui a foutu une gonzesse entre les pattes, c'est vraiment un truc de marteau ça !

*

Ce que je pense de Dieu ? Franchement, vous trouvez normal, vous, un mec qui crée un homard ? Pour inventer ça, faut être fou à lier ! À mon avis, il a réalisé la connerie qu'il avait faite et c'est pour se rattraper qu'il a créé l'homme ensuite. Pour qu'il bouffe le homard !

*

Dieu : faut y croire pour le voir !

*

Moi, je crois pas beaucoup à ces histoires de bon Dieu, de machin, de curé et tout ça, mais franchement si Dieu veut se manifester auprès de moi, je veux bien en croquer, y a pas de problème. S'il peut m'arranger mon coup avec des trucs, des contraventions, des impôts, des machins, s'il peut m'avoir des tarifs dans les avions, j'en croque ! Évidemment, si on se met à parler religion avec lui comme Moïse et les autres, là ça doit être très chiant, mais si on se contente de lui demander les numéros gagnants du Loto, là, pas de problème !

*

Ayant toujours eu un goût prononcé pour les dames peu vêtues plutôt que pour les gardes républicains en grande tenue, il est donc naturel que je me sois retrouvé un jour dans la foule des fidèles venus en pèlerinage commémoratif dans ce Saint-Jean-d'Acre du mollet coquin, ce Chartres de la nymphe émotive, le Crazy Horse Saloon. Dès l'entrée de la sombre crypte, alors que je laissais ma bure au frère portier, je fus frappé par la délicate munificence d'un portait en relief de sœur Rita Cadillac (ordonnée prêtresse depuis lors). Plus tard, un vitrail de couleurs vives vantait l'ouverture d'esprit de Berta von Paraboum. Oppressés par la majesté du lieu, les fidèles chuchotaient. Portée par une musique céleste, sœur Bella Cucullis vint officier. Dans un style très dépouillé, elle nous raconta l'attachante histoire de la veuve point née. Ensuite, grimpée dans un arbre en carton, Dodo d'Hambourg feignit de piller le nid d'une alouette en déclamant les célèbres vers des *Chansons de Bilitis* : « Dénichons partout, dénichons toujours. » (Il n'est pas dit que ce vers ne soit pas apocryphe.)

« Dodo gratias », répondit la foule en extase.

Pour clore la cérémonie, le révérend père Bernardin (prieur de passer à la caisse) donna à tous son anneau à baiser. Ce fut très émouvant.

*

*Projet pour un restaurant de nuit :* l'Autel. Décoré de vitraux, les garçons sont habillés en prêtres, le groom en enfant de chœur, le maître d'Autel en chanoine, les toques des cuistots sont remplacées par des couronnes d'épine. On boit dans des calices. On y bouffe des salades selon saint Luc, des bouillabaisses de la mer Morte, des steaks Ponce Pilate aux câpres de Judée et un légendaire holocauste de Marie-Madeleine aux carottes du mont des Oliviers. À la place des cure-dents, des clous. Les chips sont en forme d'hostie, la carte enchâssée dans une bible, et le beurre, bien évidemment, est de missel.

J'ai la vue qui baisse de jour en jour. Bientôt, je vais devoir porter des lentilles pour voir mes lunettes.

*

Premiers rhumatismes. L'heure de l'arthrite a sonné.

*

Il faut commencer à se méfier le jour où l'on a plus de souvenirs que de projets.

*

Mourir, c'est vraiment la dernière des choses à faire !

# DU SHOW-BUSINESS, EN GÉNÉRAL, ET DU CINÉMA, EN PARTICULIER

À mes débuts, j'ai joué dans un cabaret, le Slow club, rue de Rivoli. À l'époque, le patron avait trouvé un truc pour faire son beurre, il s'était mis en cheville avec des chauffeurs de bus qui faisaient visiter la capitale aux touristes. Les mecs allaient au Lido, à Pigalle, au Sacré-Cœur, puis on leur annonçait une visite de cave à Saint-Germain-des-Prés. Et comme c'était trop le bordel pour se garer à Saint-Germain-des-Prés, les cars s'arrêtaient rue de Rivoli et les mecs faisaient descendre les touristes au Slow club en leur faisant croire qu'ils étaient arrivés à Saint-Germain. Comme le temps de visite était limité, on faisait un spectacle sans début ni fin. Dès que ça sonnait à la porte, on sautait sur scène, et les touristes croyaient qu'ils arrivaient au milieu du spectacle. Quand ils repartaient, on arrêtait. Et pour faire plus couleur locale encore, on avait engagé un type qui ressemblait vaguement à Sartre qu'on faisait asseoir dans un coin avec un bloc-notes et qui faisait semblant d'écrire de la philosophie.

*

Ce qui est le pire quand on joue dans les cabarets, c'est les tables de plus de trois personnes. Parce que alors y a toujours un marrant. Un mec qui parle à voix haute, qui balance des réflexions :

« Oh, elle a pas des beaux nichons, celle-là ! Et celle-là, c'est une naine ! »

Un jour, j'ai vu Champi, un humoriste de l'époque, un type formidable. Il est arrivé sur scène à L'Orée du Bois, il a commencé son numéro et il y avait un mec à une table de trois qu'arrêtait pas de dire des conneries, tout haut :

« Oh, la gueule qu'il a, t'as vu la gueule qu'il a lui, il est moche, etc.! »

Et à un moment le mec s'est mis à crier :

« Champagne ! Champagne ! Champagne ! Alors, il vient ce champagne ! »

Le mec gueulait tellement, que Champi a interrompu son numéro. On apporte enfin la bouteille de champagne, et Champi demande :

« Bon, qui c'est qui va la payer, celle-là ?

– C'est le plus con, lui répond le mec.

– Bah alors, vous allez vous battre ! »

La table est restée muette jusqu'à la fin du spectacle.

*

Il suffit de dire qu'on préfère que les acteurs vous parlent de leur métier plutôt que de la philosophie kantienne pour passer pour un cynique.

*

Je fais mon beurre en crachant dans la soupe.

*

Les acteurs ont une vie palpitante. On comprend que leur quotidien fasse rêver. Regardez-moi, par exemple : le matin je me lève, je me lave, je me mets du désodorisant, j'enfile un caleçon, je sors, je déchire un PV, je prends ma voiture, je vais tourner un film, je fais la sieste si c'est possible, le soir je rentre chez moi, je me mets en caleçon, j'allume la télé et je bouffe sur un coin de table avant d'aller me coucher. De temps en temps, je prends l'avion. Parfois, je change un pneu.

*

Les acteurs qui prétendent mettre des semaines à entrer dans la peau de leur personnage sont soit des menteurs, soit des incompétents.

*

Le seul conseil valable à donner à un jeune acteur : oublier la prétendue motivation du personnage, connaître son texte et éviter en le disant de se prendre les pieds dans les câbles ou de se foutre la gueule dans les meubles.

*

Il y a quand même beaucoup de gens qui sont devenus acteurs parce qu'ils considéraient qu'il valait mieux être mauvais en une chose que médiocre dans plusieurs.

*

Au cinéma, je ne vois pas la différence entre un bon et un mauvais film quand je tourne. Que ce soit avec un réalisateur de génie ou avec le dernier des ringards, pour moi c'est la même chose. Comme de toute façon on ne tourne pas les scènes dans l'ordre chronologique, je ne comprends pas trop ce que je suis en train de faire. Quand vous tournez par exemple une scène qui consiste à ouvrir une porte et à dire au mec qui est sur le palier : « J'en ai marre que vous soyez sur le palier », ça ne donnera pas du tout la même chose chez Kubrick ou dans un navet. Mais, pour le comédien, c'est la même scène. Ce qui compte, pour le comédien, c'est que la bouffe soit bonne et la literie pas trop affligeante.

*

Nous vivons tous dans notre coin. Prenez le cinéma, par exemple. Les projections de rushes me font toujours éclater de rire. Il faut la voir, l'équipe « soudée » par le travail : la maquilleuse vérifie uniquement les maquillages, l'acteur est en pétard parce qu'il réalise que sa calvitie a encore gagné du terrain, l'actrice lance des regards mauvais à la maquilleuse parce qu'elle a un teint blafard, le cadreur s'exclame : « Merde, il n'y a pas assez d'air à gauche ! » et l'habilleuse fait la gueule parce qu'un des costumes a un faux pli. Il en est de même pour les spectateurs. Les routiers regardent le mec qui manœuvre, c'est : « Celui-là au moins, c'est un mec qui sait conduire un camion », ou : « T'as vu comment il gare son gros-cul ! », et il faut mieux que ça soit bien fait sinon le film perd sa crédibilité et les mecs décrochent. C'est comme les plombiers qui entendent : « La fuite est là, passe-moi la clé de 12 », les mecs réagissent tout de suite : « La clé de 12 ? Mais les tuyauteries c'est du 14 ! » Il faut faire très attention à ces détails-là.

*

L'idéal de l'acteur américain, c'est Gandhi. Un mec mince, bronzé et connu dans le monde entier.

*

Je fais bien le salaud comme d'autres font bien le notaire. On ne peut pas aller contre ça.

*

Pour *Que la bête meurt*, Chabrol m'a appelé et m'a dit : « Voilà, dans le film il y a un personnage grossier, un type vulgaire, odieux, un salopard absolument dégueulasse. Je ne vois que toi pour le faire. » Comment aurais-je pu résister à une telle déclaration d'amour ?

*

J'ai eu le premier prix d'interprétation féminine pour *Le Boucher* dans un festival de cinéma américain. Et Stéphane Audran, ma partenaire dans le film, le premier prix d'interprétation masculine. Les mecs nous connaissaient pas et Jean, pour eux, c'est un prénom féminin, comme Jean Seberg, Stéphan, un prénom masculin. Alors Jean Yanne, c'était forcément l'institutrice, et Stéphane Audran, le boucher !

*

Le problème avec *Nous ne vieillirons pas ensemble*, c'est que je jouais le rôle de Pialat. Et que Pialat voulait que le type qui joue le rôle de Pialat soit exactement comme Pialat. Il y avait des ordres : tout devait être scrupuleusement identique à ce que Pialat avait vécu. Ce qui nous a conduits a des scènes extravagantes. J'arrivais par exemple le matin avec une chemise à petits boutons et le staff sautait sur moi en gueulant : « Comment, une chemise à petits boutons, mais tout le monde sait que Maurice n'aime pas les chemises à petits boutons, il n'aurait jamais mis une chemise à petits boutons, il faut retirer cette chemise à petits boutons. » Et Pialat arrivait, il me disait : « Avoue que tu as mis cette chemise à petits boutons pour me faire chier ! » Le genre de réaction qui, évidemment, me donne envie d'arriver chaque matin avec une chemise à petits boutons. Tout était comme ça. Un autre jour, on est arrivé à Honfleur pour tourner dans un hôtel où Pialat avait séjourné cinq ans auparavant avec sa petite amie. Maurice a demandé la chambre 38, celle qu'il avait à l'époque, il est monté avec sa caméra et est redescendu cinq minutes après en gueulant comme un fou sur le patron parce que le papier peint n'était plus le même et le lit était disposé autrement. Le type a eu beau lui expliquer qu'il refaisait régulièrement la décoration, Pialat lui criait : « C'est à cause de cons comme vous qu'on ne peut pas faire de films historiques ! »

*

J'aimais bien la façon qu'avait Godard de faire passer certains messages lors de la sortie de *Week-end.* Je me souviens, par exemple, que dans le film on tue un cochon. À la sortie, on l'a attaqué en lui demandant comment il avait pu faire une chose pareille. Il a répondu : « Pour montrer que chaque fois qu'on tue un cochon, mille personnes protestent alors qu'à chaque fois qu'un homme est tué au Vietnam, personne ne dit rien. » Il a également à la même époque fait une émission de radio pour laquelle il avait apporté une cloche, une sonnette et un sifflet. Il faisait sonner la cloche toutes les minutes, tirait la sonnette toutes les trente secondes et donnait un coup de sifflet toutes les dix secondes parce que toutes les dix secondes un type meurt à la guerre, toutes les trente secondes, un autre meurt de faim, et toutes les minutes un enfant est maltraité.

*

Le message politique de mes films est souvent trop subtil pour les journalistes. Ainsi, par exemple, aucun n'a relevé que, dans *Liberté Égalité Choucroute*, Louis XVI, à qui on faisait remarquer qu'une serrure ne fonctionnait pas bien, avait cette réplique fondamentale : « Non, j'ai des problèmes avec *le pêne.* »

*Un critique a écrit de vous : « Jean Yanne a cru en l'homme, il n'y croit plus. Il méprise tous ceux qui ne parviendront pas à lui prouver qu'il a tort. Sa déception est sans limites. » Que lui répondez-vous ?*

Que j'adore faire des cornichons. C'est ma spécialité. J'en fais à tout mon entourage depuis des années, mais enfin, bon, un jour, je ne suis pas éternel, il va bien falloir que je transmette la recette aux jeunes. Ça vous intéresse de savoir comment on fait les cornichons ? Hein ?... Alors, première chose, le choix des cornichons, on ne prend pas n'importe quel cornichon. Il faut le choisir de bonne couleur, de bonne allure. Il faut le calibrer : il y a des gros, des petits... Bon, on choisit pour que dans le pot ça soit joli, puisque ça se dévore d'abord avec les yeux avant de se dévorer avec la bouche. Alors, après, pour faire le bon cornichon, on prend les cornichons, on doit leur couper la queue au ras de la chair mais sans entamer la chair, parce que si la chair est entamée, le cornichon se transforme en éponge... Il absorbe le vinaigre et il devient flasque et inintéressant. Alors, une fois qu'on a coupé la queue au ras de la chair, sans entamer la chair, on brosse le cornichon pour enlever le duvet. Le cornichon est un légume, il faut le dire, poilu, et donc il faut ôter soigneusement le duvet avec un torchon, un torchon doux !... Je dis bien un torchon doux, c'est-à-dire un torchon non pelucheux, parce que ce n'est pas la peine d'ôter le duvet du cornichon si c'est pour lui recoller le duvet d'un torchon, par conséquent on met les cornichons dans un bocal, dressés comme ça, bien équilibrés, on met une feuille de laurier, le bouquet traditionnel, un peu de thym, une gousse d'ail, deux petits oignons... Bon, on recouvre de vinaigre jusqu'à ras bord et on ferme hermétiquement. Ensuite, il n'y a plus qu'à attendre un mois. Dans un mois, on mangera les cornichons. Voilà, c'est tout ! Alors, il faut pas les manger après un an, hein ?... N'est-ce pas ? Au bout d'un an, le cornichon n'est plus du cornichon. Moi j'ai vu des gens, dans le temps j'ai vu ça, parce que maintenant ça disparaît un peu, j'ai vu des gens manger des cornichons qui avaient deux ans, deux ans et demi ! Moi je dis que dans ces cas-là... Bon, ce n'est pas des amateurs de cornichons !

J'aime bien l'Opéra. Je parle du bâtiment, évidemment. Pas du spectacle. Franchement, des types qui se retrouvent devant des nanas de 150 kilos en leur chantant : « Je te protégerai mon fin roseau, mon petit être fragile ! », je n'arrive pas à y croire. En cas de danger, ils n'arriveraient même pas à le faire décoller leur « petit être fragile » ! Il leur faudrait une benne !

*Savez-vous pourquoi il y avait deux souffleurs dans les théâtres lyriques ?*

Parce qu'il y en avait un qui ne s'occupait que des gens importants. Un souffleur au gratin !

*

Vous savez que la valse a été inventée pour aider à vomir. Je ne sais pas si vous avez déjà essayé, mais c'est radical ! Évidemment, il y a plusieurs façons de parvenir à ses fins. Personnellement, je gerbe en mesure. Mais il y en a qui se mettent le doigt dans la bouche tout en dansant. D'où l'expression : « Un doigt dans le valseur. »

*

On doit toujours se munir d'un silencieux pour abattre un mime.

*

Le show-business et ses combines ? C'est simple, en France il n'y a pas de véritable show ni de vrai business, alors, forcément, les combines volent à la même altitude, à ras de terre. Si moi, Yanne, je veux lancer le disque d'une petite minette qui m'est provisoirement chère, j'ai deux méthodes. La première, engager une attachée de presse qui utilisera la technique dite de la sape. Elle assiégera les programmateurs jusqu'à plus soif, geindra, leur pompera littéralement l'air : « Passe-la moi, s'il te plaît, elle est gentille, c'est ma cousine, c'est la petite amie de machin, c'est une exclusivité, elle est people, etc. » L'attachée de presse invitera le programmateur à déjeuner dans un très bon restau. À la fin, à l'usure, elle l'aura, rien que parce qu'il a envie de se débarrasser de cette emmerdeuse que j'ai engagée. Le disque passera une fois, deux fois, puis tout dépendra de la réaction des auditeurs et des gens de la station. Deuxième méthode, je connais des programmateurs qui, dans leur tiroir, ont punaisé une liste de mariage. Au moindre coup de fil leur demandant un passage, ils consultent la liste : « Dis donc, j'ai une table de chez Knoll, il me manque les six chaises assorties... » Ou alors : « Je passerais bien ton disque mais, d'abord, je voudrais l'écouter chez moi. Or figure-toi que ma chaîne est totalement pourrie... » Dernière astuce pour arroser un animateur de radio ou de télé, le gala. Tu ne peux guère lui donner du liquide, encore moins de chèque, alors tu l'engages. « Dis donc, tu pourrais me présenter tel gala, je te donnerais 50 000 francs, c'est pour telle date. » Deux jours avant le pseudo gala, tu annules et tu verses au mec 50 000 francs de dédit. Déduisibles en plus de tes revenus, à l'inverse des pots-de-vin discrets, et non imposables pour lui selon la loi. Tout le monde est d'accord et ce genre d'affaire crée des liens.. C'est fait, bien chaud, bien parisien, chic et pas cher...

Bouvard, il est pas du tout photogénique : ses photos lui ressemblent.

*

Julio Iglesias, il a vendu des millions de disques, il a tiré des milliers de gonzesses, il a vécu dans des baraques plus luxueuses les unes que les autres... Lui, si vous voulez mon avis, le jour où il va arriver au paradis, Dieu devra faire preuve d'imagination !

*

*Lors de la disparition d'un metteur en scène avec qui il avait travaillé :* « Lui, si j'allais à ses obsèques, c'est pour être sûr qu'il soit mort ! »

*

*Vous savez que Chirac est un fou des arts premiers ?*

Oui, y a qu'à regarder Bernadette...

Brigitte Bardot a déclaré : « Un chat, c'est un cœur avec du poil autour. » Je ne me livrerai à aucun commentaire.

*

Je trouve ça très bien, moi, le mariage de Pierre Palmade et de Véronique Samson. Ça ne fera que deux malheureux, alors que ça aurait pu en faire quatre.

*

Moi, je connais une princesse du sud de la France, elle a tellement vécu les jambes écartées qu'il lui faudra un cercueil en forme de Y !

# DE QUELQUES RÉPLIQUES D'UNE GROSSE TÊTE OÙ L'ON RETROUVE, ENTRE AUTRES, NOS AMIES LES FEMMES ET NOS POTES LES PRÊTRES

*Cher Jean Yanne, que trouvait-on à la place de La Samaritaine au XVIII<sup>e</sup> siècle ?*

Comment voulez-vous que je le sache, moi ? Franchement, un type comme moi, je suis tranquille, peinard, j'ai une vie sexuelle normale, je voyage, je fais un peu l'acteur, je regarde la télé, j'achète des livres, je suis pas plus con qu'un autre, j'ai une voiture normale, j'achète de l'essence, il m'arrive de payer mes impôts, comment voulez-vous que je sache ce qui se passait à La Samaritaine au XVIII$^{e}$ siècle ? Je vais vous dire très sincèrement, vous pouvez m'arracher les ongles, j'avouerai pas ! Et pourtant je suis pas courageux, courageux. Franchement, pendant la guerre, on m'aurait demandé l'adresse du colonel Fabien, il n'y avait qu'à me montrer une lime à ongles en fronçant les sourcils, je balançais tout !

*

*Par amour, que fait l'homme plus souvent que la femme ?*

Il se rase ?

*Non, il tue !*

Ah, c'est curieux ça, moi je tuerais volontiers et souvent, mais jamais par amour. Au contraire, il me faudrait un prétexte valable. Un mec qui prend une place dans le parking avant moi, par exemple.

*

*Lors d'une scène de ménage, 31 % des femmes brandissent la menace de retourner chez leur mère.*

Mais... C'est pas du tout une menace, ça. C'est un soulagement !

*

*Vous écrivez beaucoup de lettres d'amour ?*

Oui. Je les laisse sur le frigo.

*Et elles disent quoi ?*

Des trucs du style : « J'ai pas eu le temps de prendre du lait. »

*

*Une femme au Japon prétend qu'elle est capable de connaître l'avenir d'un homme en couchant avec lui.*

Oui, elle a déjà prédit trente-deux cas d'herpès !

*

*Vos rapports avec les femmes sont-ils différents depuis que vous êtes une vedette ?*

Non, parce que je n'ai toujours fréquenté que des prostituées et, dans ce cas-là, la question de la notoriété se pose rarement d'une façon formelle.

*

*Vous connaissez John Babitt, l'Américain dont la femme a tranché le sexe avec des ciseaux ?*

J'aurais préféré avec un sécateur, pour ma part.

*Pourquoi cela ?*

Parce que, avec des ciseaux, c'est long, faut faire le tour !

*

*L'année dernière, dix mille jeunes vierges à travers le monde ont souscrit des polices d'assurance contre la possibilité d'une immaculée conception.*

Quand on est aussi conne, il ne faut plus s'étonner qu'on soit encore vierge !

*

*Par quel moyen un spermatozoïde pénètre-t-il dans un ovule ?*

Par effraction ?

*Non.*

Il y a un Digicode ? Il fait le code avec sa queue ?

*Non.*

Il a un mot de passe ! « Suzanne, ouvre-toi ! »

*Mais non ! Qu'est-ce qui lui permet de rentrer dans l'ovule ?*

Son excitation ! Il est chaud comme une braise, il rentrerait dans n'importe quoi !

*Non, c'est grâce à quelque chose qui se trouve dans sa tête.*

Un marteau-piqueur ? Une mèche de 12 ? Une tronçonneuse ? Un explosif !

*C'est la bonne réponse ! Il a une charge explosive dans la tête !*

D'où l'expression tirer un coup !

*

Qui ne s'est jamais fait sucer les doigts de pied, franchement ? Enfin, moi, je dis ça parce que je prends souvent l'avion.

*Et on vous suce les doigts de pied en avion ?*

Mais qu'est-ce que vous voulez vous faire sucer d'autre dans un avion ? Si on vous prend à vous faire sucer les doigts de pied, ça va, mais si on vous prend à vous faire sucer autre chose ! On vous met au piquet à côté des cabinets.

*Mais qui vous suce les doigts de pied dans les avions ?*

Ceux qui veulent, tiens ? En fait, la vérité, ça dépend s'il y a des turbulences.

*Des turbulences !?*

Oui, dans les turbulences, les bonnes femmes sont prêtes à faire n'importe quoi. Elles se cramponnent, elles s'affolent : « Ah, on va mourir, qu'est-ce que je peux faire ? – Bah, sucez-moi donc les doigts de pied ! »

*

*Quelle est la supériorité sur laquelle le Coran et la Bible sont d'accord ?*

Celle de l'homme sur la femme.

*Vous partagez cet avis, monsieur Yanne ?*

Non. Je trouve que pour faire la vaisselle la femme est meilleure !

*

*Comment était vêtu le Christ lorsque après u résurrection il apparut à Marie-Madeleine ?*

En combinaison spatiale ! Avec marqué Nasa, dessus ! Nasa-reth !

*

*Quels sont les titres du pape ?*

Sénégalais d'honneur avec palmes et fourragère ?

*Il est successeur de saint Pierre, souverain pontife...*

Directeur adjoint des apôtres ?

*Non, prince des apôtres, vicaire de Jésus-Christ. Par rapport à Rome, il est... évêque de Rome. Par rapport à l'Église, il est... chef de l'Église catholique.*

Par rapport à moi... il est rien !

*Il est patriarche d'Occident. Souverain du Vatican. Et par rapport à l'Italie ?*

Il a la lasagne du Grand Sépulcre ? Il est décoré de la grande tranche du jambon de San Daniel ?

*Il est aussi primat d'Italie, archevêque et métropolitain...*

Quoi, receveur du métro ? À chaque fois qu'il reçoit les gens, c'est le grand meeting du métropolitain !

*

*Quelles sont les trois choses que doit faire le camerlingue, c'est en quelque sorte le grand chambellan du Vatican, lorsque le pape est mort ?*

Il fait disparaître les preuves compromettantes ?

*Non.*

Il lui fait du bouche à bouche ?

*Non.*

Il vaporise de l'anti-mouches ?

*Non.*

Il aère ?

*Non. Il doit d'abord s'assurer que c'est bien le pape, identifier le corps en d'autres termes, puis il doit le frapper trois fois avec un marteau d'argent pour s'assurer de la réalité du décès.*

Il l'achève en somme !

*Enfin, il lui retire l'anneau de saint Pierre et il le casse.*

Avec son marteau ?

*Ça, je l'ignore.*

Il est pas idiot, quand même, le camerlingue, il a un marteau sous la main, il va quand même pas aller chercher un autre marteau !

*

*D'après la Bible, quel cadeau Dieu fit-il à Adam et Ève avant de les chasser du paradis ?*

Une valise ?

*

*Vous avez quelque chose contre les douze apôtres ?*

Rien, si ce n'est que, personnellement, je préfère les douzaines d'huîtres.

*

Montluçon (*improvisation enregistrée lors d'une émission des* Grosses Têtes) : Moi j'aime beaucoup les gens de Montluçon parce que j'aime les êtres humains. Montluçon, c'est quand même la capitale du champagne ! Comme tout le Bordelais d'ailleurs. Et puis il y a la Vierge de Montluçon aussi, qui a donné naissance au pèlerinage. Et cette parole historique de Roosevelt : « On s'en fout qu'ils détruisent Pearl Harbor, on ira à Montluçon ! » C'est quand même pas moi qui l'invente ça, non ? Montluçon et ses petits métiers, les pignoleurs de Montluçon, les brandouilleuses, et ces Montluçonnais remarquables, suffisamment habiles, ce qui est rare, pour pignoler tout en brandouillant ! Et encore, je ne parle que de Montluçon, je n'évoque même pas Montluçon-le-Bas, Montluçon-Chantiers, Tonluçon, Notreluçon, Votreluçon, Sonluçon... On ne peut pas par contre ignorer les choses tragiques, les fumeries de Montluçon, un réel fléau pour notre jeunesse, les fumeries de Montluçon où on fume le saumon, le saumon qui crie : « Arrête ! » Et il faut le comprendre... Les gens qui fument l'opium, encore, ça fait pas de mal à l'opium, mais les gens qui fument le saumon... ce saumon qui voit un mec couché qui lui tire dessus, mettez-vous à la place du saumon, il devient rose de confusion ! Enfin, on ne peut pas finir sans rappeler le célèbre poème à la gloire de Montluçon :

« Montluçon tu me plais,
J'aime beaucoup tes filles,
Montluçon je t'en prie
retire ta cédille. »

*Le Concorde aurait, dit-on, un problème de moteur...*

Eh bien qu'on supprime le moteur ! Mieux vaut voler sans moteur qu'avec un moteur défectueux. Les avantages sont nombreux, un silence total, d'abord, donc confort accru pour les passagers, une économie considérable de carburant, enfin, l'élimination totale du danger d'incendie. Qu'on le lance depuis le haut du Mont-Blanc, et qu'on remplace le train d'atterrissage par un train de neige, et le tour est joué.

*

*Vous avez vu le frigo qui sait tout faire, le frigo intelligent, assisté par ordinateur, qui peut communiquer avec vous ? Par exemple, s'il s'aperçoit qu'il manque de produits essentiels, il peut vous téléphoner au bureau.*

– Pourquoi ? Il peut pas aller faire les courses ce feignant-là ? Il a pas de roulettes ?

*Et si vous faites la cuisine...*

S'il y a un frigo comme ça dans ma cuisine, je ne lui parle pas, moi !

*Si vous faites la cuisine, donc, il vous donne une recette. Et il affiche dessous la teneur en calories et en graisses...*

Ah, il est chiant en plus !

*Enfin, il peut lancer le chauffage.*

Mais s'il fait ça, il meurt le con ! C'est du suicide !

*

*Le docteur Barth, de l'université de Cornell, a remarqué que les plantes étaient fiévreuses quand elles étaient malades. Aussi a-t-il trouvé le moyen de prendre leur température...*

Eh bien voilà l'explication... Je m'étais toujours demandé pourquoi les pots de fleurs étaient troués à la base !

*

*La mécanique des fluides, ça vous dit quelque chose ?*

Et comment donc ! C'est moi qui ai mis au point le Rouflaquet, un tiers vodka, un tiers whisky, un sixième anchois macérés dans de la liqueur de cacao, un sixième jus de tripe et une cuillère à café de gros sel dilué dans de l'anisette...

*

*Ou attrape-t-on le parasite nommé hémato-zoaire de Lavran ?*

Dans le téléphone ?

*Non.*

Il y a pourtant souvent des parasites dans le téléphone...

*Ce n'est pas ça, c'est quelque chose de récurrent...*

Dans le Cif ammoniaqué.

*Non.*

Pourtant c'est récurant !

*

*Que pensez-vous des toilettes payantes ?*

L'argent n'a pas d'odeur !

*

*Au maître d'hôtel d'un restaurant russe qui lui demande ce qu'il aimerait que l'orchestre lui joue :* « S'ils veulent vraiment me faire plaisir, qu'ils jouent aux dominos ! »

**Quelques jeux de nos provinces :**

*Le fourziquet (Sud-Ouest)*

C'est le jeu idéal pour la plage ou la campagne, si l'on dispose d'un grand terrain. Si le terrain est petit, c'est aussi bien. C'est même mieux. Quoique le grand terrain présente tout de même un certain nombre d'avantages, mais pas suffisamment pour qu'on ne puisse jouer si l'on ne dispose que d'un petit terrain. Mais que le terrain soit petit ou grand, ça n'a pas d'importance, pourvu qu'on s'amuse, et, mon Dieu, les moments de distraction ne sont pas si nombreux en cette période où tout va mal dans le monde.

Le fourziquet se joue à plusieurs. Le vainqueur est celui qui obtient le maximum de points. Il devient alors rouge de confusion, tandis que les autres lui remettent le cadeau de la victoire, soit au choix un gros bout de bois ou un sucre.

*La raclée (Île-de-France)*

Le jeu de la raclée se joue à deux. L'un des joueurs doit être fort, l'autre faible. Il est inutile de tirer au sort, la sélection se fait d'elle-même dès les premiers instants de la compétition. Le fort envoie une grande pêche dans la tronche du faible qui s'écroule en hurlant. Dès qu'il se relève, le fort lui balance un méchant coup de pompe dans la poire, puis un bon marron dans la tirelire. Le faible peut alors se protéger le visage en disant : « Pas sur la tête ! » ou se tordre par terre en gueulant. À ce moment, le fort doit tirer partie de la situation en tirant une demi-douzaine de balles dans la cafetière du faible, puis lui filer la pointe de ses lattes dans l'œil et, pour finir, lui écraser le tarin à coups de talon. Quand le faible ne bouge plus, on considère que le fort a gagné.

*Nota.* Il existe plusieurs versions régionales de la raclée. Signalons : la flopée (Poitou), la dérouille (Puy-de-Dôme), la tannée (Périgord) et l'avoine (Chili oriental).

# CONTES POUR NOS ENFANTS

*À Jean-Christophe*

## LE FILS DE L'OGRE

L'ogre de la forêt de Combreville s'appelait monsieur Paul. Les gens sourient toujours avec une certaine hauteur lorsque l'on cite le nom d'un ogre. Il est vrai que dans les contes, les ogres s'appellent toujours « l'ogre » sans plus de précision.

Pourtant, les ogres portent un nom, comme vous et moi. Entre eux, lorsqu'ils s'écrivent, ils ne commencent par leurs lettres par « Mon cher Ogre », mais par « Mon cher Pierre », ou « Mon cher Paul », selon qu'ils s'appellent Paul ou Pierre, et le nôtre, l'ogre de la forêt de Combreville, s'appelait Paul.

Paul (ou plutôt l'ogre, car dans les contes ça n'est pas très élégant d'appeler un ogre par son nom), l'ogre, donc, était très triste. Son fils François lui donnait bien du souci. Car l'ogre avait un fils. Un fils unique.

Oui, je sais, d'habitude, les ogres ont des tripotées de petites filles, plus ou moins jumelles, triplées, quadruplées, qui dorment ensemble dans un grand lit, etc.

Mais notre ogre à nous n'avait qu'un fils unique qu'il aimait vraiment beaucoup. Ce fils avait douze ans et faisait de la peine à son papa, car il n'aimait pas la viande !

Mettez-vous à la place du pauvre ogre. Le plus cher désir des parents est toujours que leurs enfants leur succèdent. L'ogre de la forêt de Combreville était lui-même ogre de père en fils. Son papa avait été ogre, son grand-père aussi, son aïeul également. Et à quoi reconnaît-on qu'un ogre en est un ? Il mange des gens.

Mais le fils de l'ogre n'aimait pas la viande, et l'ogre se désolait. La forêt de Combreville était peuplée de bûcherons pauvres qui avaient pour habitude d'abandonner leurs enfants au milieu des bois quand ils ne pouvaient plus les nourrir. Des petits enfants tendres, jolis à croquer... À croquer ! Rien que d'y penser l'ogre avait les larmes aux yeux. Ces beaux petits enfants, qui les mangerait après lui ? Sans cesse, il répétait à son fils :

« Fais un effort... Goûte cette cuisse de sabotier... Prends cette tranche de garde-chasse... Tu verras comme c'est... »

Hélas ! Le jeune garçon ne savait que répéter :
« Non merci, papa... Je n'aime pas la viande. »

L'ogre essaya tout, pour donner le goût de la viande à son fils. Il fit des kilomètres avec sa voiture de sport, car l'histoire des bottes de sept lieues est une bêtise. Les ogres n'ont plus de bottes de sept lieues. Pour se déplacer, ils utilisent des 4 × 4 tout-terrain importées du Japon.

L'ogre fit donc des kilomètres avec sa 4 × 4 pour trouver, de par le monde, des petits enfants dodus, appétissants, bien en chair, et exciter l'appétit de son fils. Peine perdue.

Lorsque arrivaient sur la table le petit Scandinave rissolé, le jeune Hindou à la tomate ou l'adolescent coréen au soja, le fils de l'ogre repoussait le plat et murmurait :
« Non merci, papa... Je n'aime pas la viande. »

Alors, l'ogre décida d'aller chercher en Afrique un cuisinier cannibale qui sache bien accommoder les gens.

Il eut beaucoup de mal à en trouver un, car les missionnaires ont fait, il faut bien l'avouer, beaucoup de tort à l'anthropophagie. Finalement, il réussit à le découvrir dans un village très éloigné, où le missionnaire avait été mangé.

Devant les fourneaux de l'ogre, le cuisinier cannibale fit des merveilles. Il fit des pieds et des mains, au four, à la cocotte, au court-bouillon... Le fils de l'ogre n'aimait pas ça. Il fit des bras et des jambes, des têtes et des troncs, en mille préparations savantes, avec toutes sortes de sauces. Aromates et condiments... Mais le fils de l'ogre chipotait, essuyait son assiette avec du pain, mangeait les fines herbes et disait :
« Je n'aime pas la viande. »

L'ogre était désespéré. Il punit le garçonnet, lui supprima ses jouets, menaça de le mettre en pension, rien n'y fit. L'ogre n'en dormait plus.

Un jour, pourtant, il eut une idée. Dans la forêt de Combreville, il y avait, comme dans toutes les forêts, une sorcière. Une sorcière assez jeune (ou tout au moins d'allure assez jeune, car elle s'était fait lifter une bonne douzaine de fois). Elle habitait dans une maison construite par un grand designer (car les sorcières ne sont pas idiotes et n'habitent plus dans les grottes ou les cabanes).

L'ogre alla trouver la sorcière et, avec des sanglots dans la voix, lui dit : « Je suis l'ogre le plus misérable du monde... Toi seule peut me sauver... Donne-moi un philtre, bonne sorcière. S'il te plaît, fabrique-moi un élixir qui donne à mon fils le goût de la viande. »

La sorcière alla taper sur son ordinateur (car il y a longtemps que les sorcières n'ont plus de vieux grimoires et autres grands bouquins poussiéreux pour inscrire leurs recettes magiques. Elles ont tout sur disque dur dans les computers. D'ailleurs, la plupart d'entre elles ont un site sur le Net, et quand elles veulent communiquer entre elles, elles s'envoient des e-mails).

La sorcière consulta son écran. Les ingrédients magiques, eux, étaient les mêmes depuis dix mille ans.

Elle jeta dans un chaudron une poignée d'herbes sèches, une plume de chouette, 350 grammes de farine de mandragore et deux ou trois trucs lyophilisés. Elle fit bouillir la mixture et dit :

« Abricadabra-abricadabra. Com. Par le crapaud qui chante et le pendu qui danse, par la lune et par le serpent, par le feu et par l'Audimat, que ce breuvage magique donne au fils de l'ogre le goût de la viande. »

L'ogre rentra chez lui, serrant contre son cœur la fiole qui contenait le philtre merveilleux. Il en versa quelques gouttes dans le potage de son enfant. Le petit garçon mangea sa soupe et, miracle, s'écria :
« De la viande ! Je veux de la viande ! »

L'ogre ne se sentit plus de joie. Son fils, son enfant chéri, aimait la viande et allait devenir un ogre comme lui. Il se précipita à la cuisine et rapporta un voyageur de commerce grillé que le cuisinier cannibale venait de préparer. Le garçonnet le dévora en un instant et dit :

« De la viande ! Encore de la viande ! »

L'ogre alla chercher dans le réfrigérateur un étudiant en médecine bouilli qu'il avait mis de côté pour le déjeuner du lendemain. L'étudiant fut avalé en un instant, et le fils de l'ogre dit :

« Encore de la viande ! »

L'ogre exultait. Il monta au grenier et en descendit de pleins bocaux de chanoines confits, d'officiers de marine au sirop, de gendarmes fumés. Le petit de l'ogre les engloutit et dit :

« De la viande ! »

L'ogre alla quérir au saloir une colonie de vacances qu'il réservait pour l'hiver. Le petit n'en fit qu'une bouchée. Puis il cria :

« Je veux de la viande ! »

L'ogre regardait son enfant avec angoisse. Il bredouilla :

« Mais je n'ai plus de viande à te donner, mon petit... plus de viande !

– Plus de viande, dit le petit garçon. Plus de viande... »

Il prit son couteau dans la main droite, sa fourchette dans la main gauche... Il se leva, avança lentement, lentement... Jusqu'à ce qu'il fût face à l'Ogre.

Alors, calmement, pour assouvir ce désir inextinguible de viande que lui avait donné le breuvage magique, il se mit à manger son papa !

## L'ŒIL

« L'œil était dans la tombe et regardait Caïn. » À vrai dire, Caïn commençait à en avoir marre de cet œil qui le suivait partout ? D'abord, ça l'avait énervé, puis effrayé, puis terrorisé, puis ça avait agi sur son psychisme et lui avait fait faire des choses inconsidérées (comme celle qui consistait à se faire enfermer dans ce tombeau, où l'œil continuait à lui en faire... de l'œil).

Caïn réfléchit et se dit qu'après tout il était le chef de la dynastie des Caïn, célèbre dans tout le pays de Nod, à l'orient d'Éden, et que ça n'était pas un petit œil de rien du tout qui allait l'impressionner.

Il valait mieux regarder cet œil en face. Il s'approcha de lui. Le regard se fit menaçant. Caïn prit son courage à deux mains et dit : « Tu commences à me fatiguer, l'œil ! Fiche-moi le camp ! » Mais l'œil fit la sourde oreille. « Tu as entendu ? Fiche-moi le camp ! » L'œil ne bougea pas. Caïn tendit la main pour l'attraper, l'œil recula. Caïn fit un pas en avant et tenta à nouveau de le saisir, mais l'œil cligna et fit un petit bond sur le côté. Caïn essaya une bonne douzaine de fois de sauter et d'attraper l'œil comme font les goals avec les ballons de football, mais chaque fois l'œil se tirait à droite, à gauche, en arrière, ou lui sautait par-dessus la tête. Caïn revint au centre du tombeau et tenta d'agir par la ruse. Il tourna le dos à l'œil et sifflota, puis d'un seul coup se précipita sur l'énorme boule qui fit une manœuvre de côté, comme les toréadors lorsqu'ils feintent le taureau, et Caïn s'écrasa sur le mur et se cassa le cartilage du nez.

Caïn s'épongea le nez avec son mouchoir, s'assit par terre et se dit : « Agissons avec méthode ! Si je réussis à coincer l'œil dans un angle, j'aurai plus de chance de l'attraper. » Voyant que Caïn ne bougeait plus, l'œil avait fermé sa paupière à demi, et semblait somnoler.

Caïn se leva doucement et s'approcha lentement... lentement... Tout aussi lentement l'œil recula et, comme Caïn l'espérait, vint se placer dans l'angle du mur. Caïn respira un grand coup et projeta la main en avant. Il ne réussit qu'à s'arracher la peau des phalanges, car l'œil, s'élevant en l'air comme une montgolfière, se réfugia près du plafond.

Caïn devint fou furieux. Il insulta l'œil, lui montra le poing. « Je t'aurai ! criait-il. Je te ferai la peau ! » L'œil avait une lueur narquoise dans la prunelle et ne semblait pas impressionné le moins du monde.

Caïn chercha autour de lui quelque chose pour taper sur l'œil, pour le piquer, le crever. Il n'y avait rien, évidemment, dans le tombeau.

Caïn se maudissait. Car c'était lui qui avait fait construire ce tombeau. Quelle idée de l'avoir bâti plus haut que large !

Caïn défit sa ceinture et tenta de donner des grands coups sur l'œil avec la boucle. Il réussit à le toucher au centre de l'iris. L'œil se mit à pleurer et Caïn fut inondé, ce qui ne contribua pas à le calmer. Il haletait, poussait des cris, des rugissements, des hurlements, il se roulait par terre, se cognait la tête contre les murs. Il essaya de ramasser la poussière du sol en petits tas et de jeter cette poussière dans l'œil, mais l'œil fermait ses paupières, et Caïn comprit qu'il n'y avait rien à faire, que cet œil était envoyé par Dieu pour le punir d'avoir été méchant, d'avoir tué son frère Abel et d'avoir ainsi compromis la descendance des Hébreux.

Alors Caïn se mit à genoux et pria le Seigneur.

« Je suis un monstre, dit-il, j'ai tué mon frère, j'ai été condamné à marcher sur les routes, je veux bien continuer, je veux bien expier, Seigneur, mais je vous en supplie, ne me laissez pas avec cet œil qui me rend malade. Et puis, si vous voulez me punir, Seigneur, il faut me débarrasser de cet œil, car si je reste une heure de plus en sa compagnie, je deviens fou. Si je suis fou, je ne me rends plus compte de rien, je ne me rends plus compte que je suis puni, et votre châtiment vous pouvez vous le… Oh pardon, Seigneur. Je vous en prie, je vous en supplie, pour me punir, détruisez-moi selon la méthode Sodome et Gomorrhe, faites tomber sur moi un déluge de soufre, une gigantesque trombe de feu qui me raye à jamais du monde des vivants, par pitié, Seigneur !… »

Le Seigneur fut touché par la plainte de Caïn. Il commanda les nuages, les nimbus, les cumulus, il réunit toute l'électricité statique, suspendue dans le ciel, en fit une énorme trombe, qu'il lança sur le tombeau de Caïn.

Caïn vit ce qui allait se passer. Il se coucha sur le sol et dit : « Merci, Seigneur. » La trombe tomba sur Caïn avec un bruit d'enfer et le terrassa. « Merci, Seigneur ! » dit encore Caïn. Il leva son visage vers le ciel, mais ce qu'il vit le glaça d'horreur. Car au milieu du soufre, du fer en fusion et du feu… *l'œil était dans la trombe et regardait Caïn.*

# TEXTES

## CHASSEURS, SACHEZ CAUSER

J'ai rencontré hier D. qui respirait un air de santé campagnarde.

« Bonjour, mon vieux ! lui ai-je dit. Je ne vous demande pas de nouvelles de votre famille, je sais que vous êtes orphelin de naissance. Mais permettez-moi de vous complimenter sur votre mine. D'où venez-vous ? Où allez-vous ? Et pourquoi ? Et pendant que j'y suis, qu'êtes-vous ? »

Ayant ainsi, en quatre questions, résumé l'effort de vingt-six siècles de philosophie, j'attendis sa réponse.

« Je reviens de la chasse, dit-il, éludant mon attrape-couillon métaphysique. J'ai passé une journée délicieuse avec des amis de province. Levés de bon matin, nous fûmes salués par le chant de l'alouette...

– L'alouette ne chante pas, fis-je observer, elle tirelire, turlute ou grisolle.

– Ah ?... Enfin, nous n'avions pas marché une heure qu'une caille chanta sur ma droite.

– La caille margote, carcaille ou margaude.

– Vraiment ? Une caille, donc, carcailla. J'épaulais lorsqu'un milan fondit du ciel et m'enleva la caille sous le nez en poussant un cri.

– Le milan huit.

– Huit ? Du verbe huire ? Ou huier ? Ou huître ?

– Huir, quatrième groupe. Mais continuez.

– Nous repartîmes donc. Bientôt, un geai chanta.

– Cajola, corrigeai-je.

– Pardon ?

– Le geai cajole, quand il ne cajacte pas. Il fringote également.

– Hum ! Bientôt, les rayons du soleil dardèrent dur, si j'ose dire, sur les prés brûlés. Des cigales attardées... euh...

– La cigale craquette, crisselle, criquette.

– ... craquetèrent, crisselèrent, criquetèrent. Nous commencions à désespérer lorsque soudain, de part et d'autre de notre groupe et presque ensemble, une huppe et une perdrix... Comment diriez-vous ?...

– La huppe pupule, dis-je. La perdrix, elle, cacabe. Vous n'êtes pas forcé de me croire.

– Donc, une huppe pupula et une perdrix cacaba... »

D. marqua une pause réflexionneuse...

« Vous êtes sûr ? demanda-t-il enfin.

– Mon cher ! le souffletai-je.

– Bon, bon ! Où en étais-je ? Eh merde ! Je ne sais plus. Enfin, nous fîmes bonne chasse et nous rentrâmes sur le tard, salués par le ululement du hibou. »

D. me regarda triomphalement. Je voyais que, se piquant au jeu, il n'était pas mécontent d'avoir trouvé un terme technique.

« Le hibou ulule, en effet, concédai-je, mais on l'a entendu bubuler et même boubouler.

– Nous rentrions d'autant moins bredouilles qu'un sanglier qui avait eu le malheur de grumeller... Ça vous va, ça ?

– Pour certains auteurs, le sanglier roume.

– Bref, après un bon souper, nous sortîmes sur la terrasse pour écouter le rossignol... Mais que fait le rossignol ?

– Il chante. C'est le seul. Quant au crocodile, et je sais très bien que je sors un peu du sujet, il vagit. »

## LE GUEULETON DES GOINFRES

Dix touristes entrent à 12 heures 56 dans un restaurant à deux étoiles. Il n'y a naturellement plus de table libre, mais M. Dupont, qui déjeunait en compagnie de sa secrétaire, consent à les accueillir à la sienne. Chacun commande un plantureux repas.

Sachant que :

M. Dupont a arrosé son camembert avec une bouteille de pouilly.

La petite sœur de l'Italien a eu les oreillons l'été dernier.

M. Ben Oued est un pratiquant convaincu.

Le patron du restaurant a passé ses vacances dans la même région de Suisse que la cousine du flirt de Mlle Blanche.

M. Forzetti a pris le même hors-d'œuvre que la personne qui était assise à côté de M. Muller.

Le garçon a servi cinq plats de viande différents.

La chaise du Japonais avait la même forme que les chaises du salon de M. Dupont.

Il n'y avait plus de glace à la vanille quand l'Allemand en a réclamé.

La personne qui était en face de M. Forzetti portait une jupe.

M. McGregor a demandé la carte entre chaque plat.

M. Yamamoto n'a pas pu avoir de baguettes.

Aucun des convives n'a mangé de poulet à l'estragon.

M. Van Boot était assis en bout de table et détestait le homard à la crème.

Mlle Blanche a accepté de goûter la blanquette de veau de son voisin.

M. Dupont a de l'urticaire.

La personne qui a mangé le homard a dévoré également un lapin sauce moutarde.

Sur la note figuraient une escalope, un steak tartare, un gigot, mais pas de sole meunière.

On demande :

1° Le nom du Japonais. (Pour tous.)

2° Qui a reçu une gifle administrée par Mlle Blanche à la suite d'une plaisanterie graveleuse ? (Pour personnes très averties.)

3° Le prix moyen du repas. (Pour polytechnicien.)

4° Dans quel ordre étaient assis les convives ? (Toute réponse exacte obligerait votre serviteur qui l'attend avec une très vive impatience.)

## LA VÉRITÉ SUR L'ATLANTIDE

### *Des faits étranges*

Le 13 novembre 1963, au large de l'archipel des Touhacomones, dans l'Atlantique Nord, la Libellule, pétrolier de 15 000 tonnes, se dirigeait vers la base de San Pietro.

Le capitaine Le Martelec, vieux spécialiste du cabotage, était sur la dunette. Soudain, le préposé au radar signala : « Un homme à la mer. » Le capitaine Le Martelec ordonna de mettre le cap sur le naufragé, puis, dans sa lunette, tenta de distinguer le visage du malheureux. Il observa... marmonna... régla la lunette et s'écria : « Mais... je rêve... Ce n'est pas un homme ! C'est une cornemuse ! »

Une cornemuse flottant dans l'Atlantique ! La chose était extraordinaire ! Elle fit l'effet d'une bombe dans les milieux océanographiques. En effet, dans aucun pays, à 1 500 kilomètres à la ronde, on n'utilise la cornemuse, et les habitants de l'archipel des Touhacomones ne jouent que de l'harmonica et d'une sorte de violoncelle à une corde nommé « pamouli ».

L'affaire serait sans doute restée sans suite, si un événement d'une aussi stupéfiante gravité ne s'était déroulé quelques jours plus tard, dans la même région.

En effet, à 11 kilomètres environ de l'endroit où la Libellule avait repéré une cornemuse, très exactement par 117 degrés de latitude nord et 15 degrés au-dessous de zéro, une vedette de la police maritime fit, en effectuant une patrouille, une découverte aussi étrange que troublante.

Le lieutenant de police Moldard, qui se tenait à l'avant de l'embarcation, aperçut, flottant entre deux eaux, un objet bizarre et difficilement identifiable. Immédiatement, il déclencha le système OZ (qui est l'équivalent dans le domaine de la navigation de ce qu'est le plan Orsec pour la sécurité du territoire). Un dispositif exceptionnel fut mis en place. Des projecteurs furent braqués, des ministres furent réveillés, des filets furent tendus, et l'objet fut recueilli. Il s'agissait d'une paire de sabots, l'un étant soudé à l'autre par des lichens et autres végétaux marins. Il était impossible de ne pas faire de rapprochement entre cette paire de sabots et la cornemuse découverte quelques jours plus tôt.

Les lois maritimes sont formelles. Tout fait étrange se déroulant dans les eaux non territoriales doit être signalé aux services spéciaux de l'organisation des Nations unies. Une communication fut donc transmise au bureau du secrétaire général qui prévint le Service international des recherches sur l'eau salée.

Le Sires, ayant établi que les marins ne portaient plus de sabots depuis 1885 (date de l'industrialisation du caoutchouc) et que la cornemuse ne pouvait en aucun cas avoir été entraînée par un courant de type Gulf Stream, déduisit que les objets ne pouvaient venir que *du fond de la mer* et chargea une équipe de scaphandriers de se rendre sur les lieux pour vérifier s'il ne s'agissait pas des vestiges d'un naufrage.

L'équipe de scaphandriers descendit par 3 682 mètres de fond. Et là... un spectacle grandiose et insensé se présenta sous les yeux des plongeurs.

On trouve dans le rapport qu'adressa Jules Mortier, responsable technique de la plongée, une description précise de cette vision :

« Jules Mortier

« Expédition 34 Y.A.W.

« Recherche motivée par la note 168/MO à Direction générale des explorations commandées.

« Suite à la plongée 1976 du 17 mars, j'ai l'honneur de porter à votre connaissance que nous avons trouvé par 3 682 mètres une sorte d'île sous-marine.

Cette île mesurait environ 7 kilomètres dans son sens le plus long et 3 kilomètres dans le sens le plus étroit. La demi-patrouille Charcot, divisée en sections d'éclaireurs et dirigée par moi-même, coupa le terrain par le centre et découvrit au milieu des algues un village pétrifié. Autour d'une église de style roman, quelques maisons, les ruines d'une salle des fêtes et une boutique où se lisait encore une inscription en lettres noires sur fond lie-de-vin : "Chaubrecque : bois et charbon". Les approches de ce village étaient composées de champs, avec clôtures et bornes cadastrales. Ces champs, autant qu'on puisse en juger au milieu des remous qui agitaient l'eau du fait de notre progression, avaient l'apparence de terrains cultivés, mais dont l'exploitation aurait été brusquement interrompue. Dans un pré distant de 600 mètres environ du centre du village, nous avons noté la présence de vaches fossilisées. Ces quadrupèdes bovins avaient des coquillages dans les oreilles et du varech entre les cornes.

« Je crois devoir attirer tout particulièrement votre attention sur ce que nous avons découvert lorsque nous avons exploré la partie est de cette île sous-marine. Sur une distance de 400 mètres partant du village, pour s'arrêter brusquement au bord extrême de l'île, se trouvait un chemin empierré et bordé d'un fossé. Aux 2/3 de ce chemin, une amorce de croisement et un panneau indicateur : *St-Flour, 86 kilomètres.* »

Un panneau indicateur, « St-Flour, 86 kilomètres », par 3 682 mètres de profondeur, au centre de l'Atlantique, la nouvelle était suffisamment insolite pour que la commission spéciale du Museum international d'histoire naturelle usât de son droit de préemption pour s'emparer de l'affaire.

Le professeur Cabron, attaché au comité ethnobiologique des civilisations, se rendit immédiatement sur les lieux.

Voici la déclaration qu'il fit à son retour, au cours d'une réunion à huis clos de la commission spéciale de géophysique :

« Il nous fallait tout d'abord vérifier que la cornemuse, les sabots et l'île sous-marine avaient un certain rapport entre eux.

« En étudiant la nature du terrain et la composition chimique des objets, nous avons relevé dans tous les cas le même taux de radioactivité. La présence de l'instrument de musique et des vêtements de pied était donc justifiée par celle de la terre engloutie.

« Il fallait ensuite établir l'origine de celle-ci. Ce qui nous intéressa avant tout fut le terrain. Ce chemin s'arrêtait, vous le savez, au bout de 400 mètres, comme si l'île souterraine était un morceau détaché d'un continent. En explorant un des bâtiments du village, nous découvrîmes dans une pièce ayant pu servir autrefois de salle de mairie un fragment de document, sans doute un extrait de naissance.

« Le nom, l'adresse et les renseignements concernant le propriétaire du document étaient effacés par ce long séjour dans l'eau de mer, mais nous pûmes reconstituer l'une des phrases et déchiffrer : "nationalité : Atla...t...". Aucun doute possible. Il fallait lire "nationalité : Atlante".

« Aussi insensé que cela puisse paraître, nous venions de découvrir l'Atlantide.

« Il nous restait encore à établir de quel continent l'îlot englouti s'était détaché. Nous avons cherché celui sur lequel existaient à la fois des sabots, des cornemuses et un chemin brusquement interrompu, car nous pensions que l'autre partie du chemin existait encore quelque part.

« L'inscription "Bois et charbon" nous donnait à penser qu'il s'agissait d'un pays de langue française. Cette suggestion était confirmée par le panneau "St-Flour, 86 kilomètres". Nos services de détection géographique firent les études nécessaires et découvrirent bientôt, près d'Aurillac, une section de chemin dont l'extrémité se perdait dans la campagne sans qu'aucun habitant puisse donner la moindre explication. Le mystère de l'Atlantide était enfin résolu. »

Résolu, en effet, et cette nouvelle, sans aucun doute, bouleversera le monde lorsqu'elle sera connue du grand public. Car, jusqu'à présent, le gouvernement français n'a pas voulu la rendre publique, attendant que nos couleurs soient plantées sur ce territoire qui nous appartient, mais qu'il est bien difficile de faire homologuer tant que n'est pas précisée de manière formelle sa situation par rapport à l'Otan.

Oui. Cette nouvelle est la plus importante depuis l'annonce de la découverte de la pénicilline. L'Atlantide ! La fantastique terre dont parlent contes et légendes, et qui, depuis des années, cause des insomnies aux hommes de science, l'Atlantide est retrouvée : c'est l'Auvergne. Seul un petit fragment se trouve dans le Massif central, l'autre partie est, depuis des millénaires, enfouie au cœur de l'océan.

On ne peut encore affirmer dans quelles circonstances et à la suite de quel cataclysme ce morceau d'Auvergne s'est détaché pour s'abîmer dans les flots. On ne peut faire que des suppositions.

L'Auvergne se trouve placée sur le 79e parallèle, en bas et à gauche d'une ligne reliant les pôles et passant par les six plus hauts sommets connus : le Krashweep en Suède, le Schtendendhal à la frontière norvégienne, le Hounderhalen dans les Flandres, le Saint-Gratier-du-Rivoire, à l'est du Puy-de-Dôme, le Rivolini, au bas de la presqu'île italienne, et le Twe Sang Si, à l'extrémité orientale de la Terre de Feu.

Ces montagnes ont un point commun. Leur sous-sol est granitique, et le granit est, comme on le sait, composé de carbone presque pur avec addition de calcaire à haute teneur en azote.

Le granit possède un degré de radioactivité très élevé si l'on en juge par les expériences du professeur Borgiess (qui démontra le premier l'influence des roches sur les radiations chronomiques [1]). Or la radioactivité est surtout caractérisée (comme l'ont prouvé les démonstrations effectuées récemment à l'usine pilote de Méziers-sur-Arvon) par une concentration d'électricité statique au niveau des surfaces de polarisation.

La ligne réunissant les sommets des montagnes à sous-sol granitique que nous venons de citer est donc une ligne imaginaire pour le géographe, mais réelle pour l'électrophysycien.

Lors du glissement géosynclinal qui aplatit les Alpes au quaternaire, l'Auvergne fut soulevée et, de plat pays, se transforma en sommet. Le sol de l'Auvergne étant lui aussi granitique, le sommet dégageait également de l'électricité. Selon le théorème de Placius (tout corps électrique neutre rencontrant dans un milieu négatif un corps de même teneur se cristallise et s'annule selon le double d'une masse équivalant à son énergie multipliée par son volume), il se produisit au point de rencontre une explosion considérable. La plaine auvergnate, devenue sommet, fut sectionnée par le phénomène et projetée à des milliers de kilomètres jusque dans l'Atlantique, où elle s'écrasa dans les flots.

---

1. *Le granit peut-il nourrir l'homme ?* (thèse sur les ressources naturelles), publications Stéphane Montier, Paris, 1951.

Cette supposition repose évidemment sur des données scientifiques précises, mais ce n'est qu'une hypothèse qu'il convient avant tout de transformer en conclusion.

En revanche, ce qui est certain, c'est que les Atlantes sont bien les ancêtres des Auvergnats et, inversement, les Auvergnats les descendants directs des Atlantes.

En effet, on trouve dans divers manuscrits phéniciens, et notamment dans les *Relations sur les voyages commerciaux et établissements de comptoirs dans les divers empires*, par Flavius Quintius, négociant romain, un texte fort précis :

« Au centre de la Gaule, maints marchands et colporteurs proposent, en tout temps et de par le pays, des réunions de branches, appelées fagots, et des roches tirées, fort propres à brûler comme feux grégeois si l'on prend précaution de les installer en quelque foyer. Ces marchands de Gaule tiennent cette habitude de leurs lointains ancêtres, Homo Atlantus, qui furent en époque reculée les maîtres incontestés de ce négoce. »

La lecture de ce texte, pourtant connu, démontre bien que les Atlantes et les Auvergnats ne formaient bien avant Jésus-Christ qu'un seul et même peuple, et il est à déplorer, une fois encore, qu'un regard dans les écrits du passé n'ait pas permis depuis longtemps d'orienter la recherche de l'Atlantide vers l'Auvergne antique.

Quoi qu'il en soit, un dernier témoignage prouvera, s'il en est encore besoin, que les faits que nous venons de dévoiler sont exacts.

M. Jean Brousse, oisif notoire du XVIIe arrondissement, ayant eu connaissance des découvertes que nous avons relatées par un compatriote imprimeur, qui avait eu ces lignes sous les yeux, nous écrit :

« Nous le savons, nous autres, au pays, que nos ancêtres étaient les Atlantes et pas les Gaulois.

« L'histoire se transmet de père en fils. Dans l'Atlantide, on faisait commerce de bois et charbon. Quand la catastrophe s'est produite, les Atlantes marchands de charbon se sont répartis dans l'Europe entière. Et tous vos savants ne sont pas bien malins. Dans notre folklore, les chansons en patois racontent souvent cette aventure. »

La voilà bien, la preuve. Le patois auvergnat, c'est la langue des Atlantes. Et les linguistes auraient pu y songer, qui savent bien que ce langage n'a aucune racine connue ni d'oc, ni d'oïl, ni latine, ni celte.

Demain, d'autres études seront faites.

Mais, quoi que puissent découvrir les savants, nous serons fiers d'avoir été les premiers à annoncer à l'univers cette bouleversante, attendrissante et enthousiasmante nouvelle :

L'Atlantide est retrouvée !

L'Atlantide, c'est l'Auvergne !

## JE SUIS PORNO, VOILÀ MA GLOIRE !

Les dictionnaires indiquent que « la pornographie », ou production en public de propos, cris, chants, écrits, livres, images, objets, annonces, correspondances obscènes, vient du grec.

On ne connaît pas le nom de ce Grec, mais je le tiens pour un grand homme et voudrais bien que l'on érige, à sa gloire, quelque statue phallique dans le genre des grands machins en ciment qui se dressent à Brazilia, pour qu'on sache bien qu'un jour un humain digne de ce nom a osé fixer les formes (si l'on peut dire) qui servent de structure à l'échafaudage savant du délice charnel.

Car la pornographie est un grand art. N'est pas pornographe qui veut. Il faut être doué, certes, mais également éduqué. Et un bon pornographe travaille bien des années pour acquérir le ton qu'il faut, au moment où il convient de l'avoir.

Combien en avons-nous vu qui, sous prétexte qu'ils avaient fait leur service militaire dans les zouaves (et de ce fait avaient connu les heures chaudes de Bousbir) se prétendaient pornographes diplômés et racontaient de graveleuses histoires, où revenaient sans cesse des : « Alors la petite bonne se retourne, et... », ou des : « Mon vieux, quand j'ai vu ce gigantesque... »

Allons !

Combien en avons-nous connu qui, parce qu'ils avaient acheté sur les quais *Les Voluptés du fouet*, par le général Vipre de la Rompierre Maltanche faisaient les fiers dans les bistrots en racontant au premier clerc d'huissier venu : « Mon cher, j'ai lu l'autre soir un bouquin... Figurez-vous que ça raconte l'histoire d'une petite bonne... »

Allons enfin !

Combien en avons-nous entendu, à la fin des noces et banquets, qui se levaient congestionnés et rougeauds, l'œil brillant de luxure, empâtés par le vin et la bonne chère (qui, comme chacun sait, prédisposent à l'infarctus et au stupre) et qui entonnaient ces refrains à pleurer tant c'est bête :

*Le jour du feu d'artifice*
*La p'tite bonne montrait ses cuisses...*

Allons, quoi !

Ça n'est pas ça, la pornographie.

La pornographie, c'est l'art d'évoquer, de façon insidieuse, sous-jacente, perverse, par en dessous, un monde de voluptés et de plaisirs, ayant pour squelette l'obscénité.

Et l'obscénité, ce n'est pas un bout de genou aperçu dans l'autobus, ce n'est pas un geste ébauché dans un couloir de train, ce n'est pas une photographie équivoque. *L'obscénité, c'est dans la tête que ça se passe !*

Un bon pornographe, ce n'est pas celui qui s'émoustille en voyant des écrits obscènes, des livres obscènes, des images obscènes, des objets obscènes, des annonces obscènes, des propos obscènes ou des chants obscènes. C'est celui qui transforme tous les écrits, toutes les images, tous les objets, toutes les annonces, toutes les correspondances, tous les propos et les chants, en choses obscènes !

Ça, c'est la vraie pornographie.

Par exemple, Péguy : « Nous avons déroulé dans ces grandes allées le large déploiement des vœux de chaque jour... »

Ça n'évoque rien pour vous, hein ! C'est pas croustillant, ça ! Dans la tête, ça ne vous fait pas des trucs, et des pensées qui viennent, et des idées qui tournent...

Et dans *L'Illustration* de 1905, cette phrase : « Ce matin, inauguration du grand ensemble sidérurgique... »

C'est pas chouette ça, hein ! Vous les voyez, les images qui se forment derrière tout ça !

Et dans le Guide Julliard de Paris : « Jardin des Plantes – 57, rue Cuvier, métro Jussieu... » Oh !

que c'est cochon ! Ça, alors, ça en fait naître de drôles d'envies.

Et cette chanson :

*Dansons la capucine,*

*Y a pas de pain chez nous...*

C'est pas porno, ça hein ! C'est-y pas ça le vrai porno, quand on veut se donner la peine d'imaginer un peu tout ce que ça peut cacher ? Rien que d'y penser, j'en suffoque.

Ah ! oui, c'est bien ça, la vraie pornographie. Et celui qui ne pense pas comme moi, vraiment, c'est qu'il n'est pas normal.

## LE RETOUR DU CALIFE HAROUND AL-RASHID

*Récitant : Il fut un temps où du 27 de la rue Fayçal à Bénares, jusqu'au 56 du boulevard Boumedienne à Port-Saïd tout, je dis bien tout, appartenait au calife Haround al-Rashid, commandeur des croyants, maître de l'Orient et calife de Bagdad.*

*En ce temps-là, Haround al-Rashid décida que l'Orient et l'Occident devaient se tendre la main, et pour la première fois engagea le dialogue avec les infidèles.*

Haround : Vizir... Vizir... oh c'est pas pensable... On paye et y a pas moyen d'être servi. Je te vais envoyer une lettre au bureau de placement qui m'a recommandé ce vizir à la noix... Et y a pas des kilomètres d'ici à ce que je fasse empaler tout le monde. Vizir... Raymond !

Vizir : Ô magnificence de l'Orient... Prince de la vertu, ton vizir humble et soumis pose ses lèvres indignes sur tes pieds lumineux.

Haround : Appuie pas comme ça, j'ai un cor. Dis donc, vizir, passe-moi mes chaussons et dis-moi où que tu étais encore.

Vizir : Ô seigneur flamboyant, j'étais dans l'antichambre, en train de flanquer à la porte un représentant de commerce européen...

Haround : Dis donc, vizir, est-ce que je parle dans le désert ? Je t'ai dit que je voulais entretenir de bonnes relations avec l'Occident. Alors, il ne s'agit pas de flanquer les représentants à la porte. Fais-moi entrer cet homme-là.

Vizir : Bien, clarté lumineuse... Monsieur !

Haround : Approchez...

Représentant : Bonjour, monsieur Haround al-Rashid.

Haround : Appelez-moi magnificence de l'Orient. Nous sommes entre nous. Alors, qu'est-ce que vous avez à me montrer ?

Représentant : Je représente la maison Gianobe – gadgets en tous genres. Et je sais que vous utilisez beaucoup le pal.

Haround : C'est vrai. Je dois dire que les esclaves ne sont plus ce qu'ils étaient autrefois... Ni les ministres non plus, et si je veux être obéi et respecté je suis obligé d'en faire empaler cinq ou six par jour.

Représentant : Alors permettez-moi de vous montrer le Roto-Pal. Pal automatique, entièrement transistorisé. Avec ça, vous empalez une demi-douzaine d'esclaves à la fois... Faites entrer le Roto-Pal.

Haround : Montrez ça. Ah, c'est bien, dites donc. Mais c'est encombrant.

Représentant : Non. Entièrement démontable comme un barbecue. Vous partez en voyage, il tient dans une valise.

Haround : Et il n'y a aucune manipulation ?

Représentant : Entièrement automatique, je vous dis. Vous asseyez les esclaves là, vous réglez le minuteur... vous tournez le bouton... et ils sont empalés. Et quand c'est fini, ils sont automatiquement décrochés et ils tombent dans ces grands sacs en papier.

Haround : Ah, ils tombent dans ces grands sacs en papier – mais dites-moi, ce papier, il est assez solide ?

Représentant : Ah ben, c'est fait pour. C'est du papier d'EMPALAGE.

## SCANDALE DANS L'ARMÉE !

En dépit des rigoureuses consignes de silence données pour qu'ils ne soient pas diffusés, voici les faits : le 15 septembre dernier, dans l'après-midi, sur le plateau d'Écrouves, à proximité de Toul (M.-et-M.), la 7$^{e}$ compagnie du 106 RI manœuvrait en tenue de combat sous le commandement de l'adjudant-chef Dominique Caravagnocchi. À 15 heures 07 minutes précises, celui-ci siffla le rassemblement et lança l'ordre de garde-à-vous. Lequel mouvement fut immédiatement et impeccablement exécuté.

À ce moment, on demanda d'urgence l'adjudant-chef au téléphone. L'appel provenait de Corte (Corse) où sa mère, gravement malade, réclamait sa présence à son chevet. Troublé par la nouvelle, le sous-officier supérieur, au mépris de tout contrôle de soi, oublia, inqualifiablement, de lancer le commandement de repos, pour se précipiter au quartier où une permission lui fut immédiatement accordée.

Il prit alors le premier train pour Paris, puis l'avion qui le conduisit à destination. Pendant ce temps, la 7e compagnie se tenait toujours au garde-à-vous.

L'adjudant-chef trouva sa mère entrée dans le coma à midi 15 pour en sortir à 13 heures 40 complètement rétablie et occupée à déguster une polenta de une livre et demie.

Pendant ce temps-là, la 7e compagnie continuait à se tenir au garde-à-vous.

Pleinement rassuré, l'adjudant-chef Caravagnocchi, dans sa hâte de prendre le chemin du retour, trébucha et se fractura l'épaule gauche. Admis à l'hôpital militaire pour y recevoir les soins nécessaires, il contracta quarante-huit heures plus tard une congestion pulmonaire compliquée d'un œdème du pylore et se trouva, par suite, immobilisé pour une période indéterminée.

Pendant ce temps, la 7e compagnie s'efforçait à maintenir le garde-à-vous.

Ça fait deux mois que ça dure. Or, le règlement est formel : aucun gradé n'est habilité à mettre une troupe en position de repos si son homologue en grade, qui a ordonné le garde-à-vous, ne lui a préalablement transmis son commandement. La situation semble inextricable. Les hommes, littéralement épuisés, sont ravitaillés par piqûres de vitamines, étayés avec des planches et maintenus avec des cordes pour pouvoir dormir debout sans quitter, sous peine de sanction, la position du garde-à-vous.

Le colonel, débordé et dépassé par l'événement, a fait parvenir par voie hiérarchique un rapport confidentiel et ultrasecret au ministre des Armées, qui s'est déclaré incompétent.

Toutefois, il a chargé ses services de déposer sur le bureau de l'Assemblée nationale un projet de loi qui sera discuté au cours de la prochaine session parlementaire, aux fins de mettre un terme à cet incroyable scandale.

En attendant, la 7e compagnie est toujours au garde-à-vous.

## SI TOUS LES PÉDÉS DU MONDE...

Je vous préviens tout de suite, je ne m'adresse pas aux enfants de chœur. Le sujet que je vais traiter est épineux, puisqu'il concerne les homosexuels. Que ceux d'entre vous qui risquent d'être choqués jettent vite ces feuilles et ne poursuivent pas la lecture de ces pages.

Cela étant dit, je suis rassuré. Vicelards comme vous l'êtes, vous continuez tous à lire, et je vais pouvoir vous en filer un maximum en pleine poire. Ce que je vais dire intéresse avant tout les messieurs.

Un hebdomadaire, qui se vend peut-être bien en temps normal, doit se vendre mieux encore depuis quelques jours, car il publie une grande enquête sur les homosexuels.

Et ça, c'est un sujet qui passionne tout le monde. En effet, chacun d'entre nous en connaît deux ou trois, et nous nous demandons tous comment il peut se faire, alors qu'il y a tant de petites ouvrières d'usine roulées comme des starlettes, que des messieurs montrent de l'intérêt (jusqu'à se mettre tout nus entre leurs bras) pour des camionneurs qui sentent la sueur, des hommes politiques fleurant le tabac et l'alcool, ou des journalistes mal rasés.

(Ces trois professions étant choisies au hasard, car il existe des homosexuels dans tous les corps de métiers.)

Évidemment, cela surprend.

Dieu a fait l'homme à son image et lui a donné ensuite une compagne et non un compagnon. Ce qui tiendrait à prouver que l'homosexuel s'écarte du chemin tracé par le Seigneur, et par conséquent explique la surprise et l'incompréhension qui submergent M. Toulemonde (nourri comme chacun sait d'idées morales dues à deux mille ans de culture chrétienne) à l'égard des gens qui se sentent attirés par des individus de même sexe.

Alors, on regarde les homosexuels comme des bêtes curieuses et, ce faisant, on a tendance à croire que ce ne sont que des cas isolés.

Et l'on se trompe. En France (ne prenons que notre pays, car si nous parlions de l'étranger, il nous faudrait douze volumes), en France donc, il y a des pédérastes partout.

Je ne prétends pas vous en communiquer la liste. Mais si nous ne pouvons donner des noms, nous pouvons nous intéresser aux chiffres.

Parmi les membres du gouvernement, par exemple, on en connaît au moins deux. (Il est possible qu'il y en ait trois, mais alors ça ne daterait que de cette nuit, et, dans ce cas-là, je ne suis quand même pas renseigné dans l'instant.)

À la préfecture de police, on en connaît une bonne quinzaine (et même, à une certaine époque, certains occupaient des postes si élevés que lorsqu'on parlait de PP, on ne savait plus si ces initiales désignaient l'organisme ou ses patrons).

Au CSA, ils sont deux également. (Je sais qu'il y en a un troisième qui sera peut-être vexé de ne pas être cité, mais qu'il veuille bien m'excuser, il est moins connu que les autres.)

Pour l'Assemblée nationale, on ne peut pas donner de chiffres, mais le pourcentage est très satisfaisant.

Et je ne parle pas des grands écrivains qui l'avouent franchement (parfois même dans leurs écrits), ni des gens du spectacle ou de la haute couture, ceux-là sont des artistes, et, mon Dieu, les artistes ont besoin de tout connaître pour tout traduire.

Je ne parle pas non plus des militaires de carrière ou des ecclésiastiques. Ceux-là sont victimes d'une mauvaise organisation des loisirs et sont trop souvent isolés entre gens de même sexe pour pouvoir sacrifier librement et sainement aux lois de la nature.

Mais il n'en demeure pas moins qu'il y a beaucoup d'homosexuels dans notre pays, et la question que fait naître cette constatation est celle-ci : *Doit-on s'en réjouir ou s'en désoler ?*

Je le dis tout net, il faut s'en réjouir. Les homosexuels, je suis pour.

Je n'en fais pas partie, je m'empresse de le dire (ça ferait de la peine à ma famille), mais je ne suis pas contre.

Et ce politiquement.

En effet, force nous est de le constater, depuis que le monde est monde, en matière politique, nationale ou internationale, tout s'est toujours organisé à partir de sectes, réunions, groupes, tout ça plus ou moins secret, et unissant des gens de mêmes races, opinions ou confessions.

Qui est-ce qui a fait la révolution en Russie ? Un groupe de jeunes marxistes, les uns aimant l'automne en Géorgie et le folklore, les autres préférant le printemps en Oural et les symphonies classiques, mais qui, groupés autour d'une seule et même pensée, oublièrent leurs divergences d'opinions pour se consacrer à l'édification d'une société nouvelle.

Qui est-ce qui a fait naître l'UMP ? Un groupe de..., etc.

Qui est-ce qui a créé le Jockey Club, le Racing, l'Unesco, les éditions Gallimard, les Compagnons de la chanson, le Club français du livre, le Grand

Orient de France, les sœurs de Saint-Vincent-de-Paul, la CGT et l'Aéropostale ?

Un groupe d'êtres humains réunis autour d'une idée commune.

Alors, à partir de ça, il n'y a qu'à réfléchir pour édifier.

Le monde veut la paix. Les chefs de gouvernement, les chefs de parti, bref les dirigeants de notre planète voudraient bien former une association valable, pour établir les bases d'une union internationale.

Mais comment voulez-vous que s'entendent ouvriers et patrons. Noirs et blancs, gens de gauche et de droite, juifs et mahométans ? Ils font chacun partie d'un ensemble ethnique, religieux ou politique différent.

Pour les réunir, il faut trouver un dénominateur commun. Et quel meilleur dénominateur commun pourrait-on trouver que l'homosexualité ?

Car il y a des ouvriers homosexuels, des patrons homosexuels, des Noirs, des Juifs, des Blancs homosexuels, et des homosexuels de droite et des homosexuels de gauche.

Et tous les problèmes seraient résolus si, au lieu d'envoyer des groupes de patrons parler à des groupes d'ouvriers, des groupes de Noirs parler à des groupes de Blancs, des groupes de gauche parler à des groupes de droite, on envoyait des groupes d'homosexuels de l'autre bord.

Élargissons la question.

Internationalement, les Arabes n'aiment pas les Israéliens, les Chinois n'aiment pas les Russes, les Français n'aiment pas les Américains, et les Américains n'aiment personne.

Mais il y a des Arabes et des Chinois pédés, des Russes, des Israéliens, des Français pédés et des Américains pédés, ALORS !

Au lieu de faire des conférences de chefs d'État et des entrevues de ministres des Affaires étrangères, ne serait-il pas plus sage de faire des conférences et des entrevues de pédés ?

Tout serait plus simple. Ils se sentiraient frères, complices, amis, et, ensemble, détendus, faisant s'écrouler les barrières que dressent les différences de races, de langues et de religions, ils établiraient, sous le signe de cette grande homosexualité internationale, un univers nouveau et sans hypocrisie.

Et même si quelque querelle éclatait parfois, elle serait bien vite oubliée. Chacun sait que les querelles de pédés ne durent pas.

Voilà ce que je voulais exprimer.

Dans un monde uni et enfin débarrassé d'un préjugé ridicule, la Liberté, l'Égalité et la Fraternité ne pourront s'établir à jamais que lorsque tous les pédés du monde voudront se donner l'accolade.

## C'EST PAS CHER ET LES ŒUFS SONT FRAIS

L'organisation des villages de France est déplorable. Au cours d'un récent Conseil des ministres, une décision importante a été prise, une réorganisation totale va avoir lieu.

En effet, selon le bureau national de la statistique, il y a dans chaque village : un maire, douze conseillers municipaux, un instituteur, un employé de la voirie, un curé, un tenancier de bistrot et un Parisien qui a acheté une maison dans le pays parce que c'est pas cher et que les œufs sont frais.

*Le Parisien*

Il y a ça dans chaque village de France, que celui-ci compte moins de cent habitants ou plus de mille habitants.

Le gouvernement s'est basé sur cette moyenne pour établir son plan de réorganisation, excluant de la liste le Parisien qui a acheté une maison dans le pays parce que c'est pas cher et que les œufs sont frais, considérant que dans un village de moins de cent habitants il peut y avoir plusieurs Parisiens qui ont acheté une maison dans le pays parce que c'est pas cher et que les œufs sont frais, alors qu'il peut n'y avoir qu'un seul Parisien ayant acheté une maison dans le pays parce que c'est pas cher et que les œufs sont frais dans un village de plus de mille habitants.

*L'instituteur*

Ce qui nous intéresse donc, c'est de savoir qu'il y a dans chaque village : un maire, douze conseillers municipaux, un instituteur, un employé de la voirie, un curé et un tenancier de bistrot.

Il est bien évident que dans une ville de moins de cent habitants, le travail effectué par le maire, les douze conseillers municipaux, l'instituteur, l'employé de la voirie, le curé et le tenancier de bistrot sera plus efficace que dans un village de plus de mille habitants car le maire, les douze conseillers municipaux, l'instituteur, l'employé de la voirie, le curé et le tenancier de bistrot auront à se consacrer à moins de personnes dans un village de moins de cent habitants que dans un village de plus de mille habitants.

*Les douze conseillers municipaux*

Mais le gouvernement considère que cela coûte le même prix pour un village de moins de cent habitants que pour un village de plus de mille habitants, d'avoir un maire, douze conseillers municipaux, un instituteur, un employé de la mairie, un curé et un tenancier de bistrot.

L'idéal serait bien sûr de réduire au même dénominateur les maires, les conseillers municipaux, les instituteurs, les employés de la voirie, les curés et les tenanciers de bistrot. On pourrait faire une règle de trois et appliquer aux villes de plus de mille habitants le régime des villages de moins de cent habitants, ce qui donnerait, pour un village de plus de mille habitants : dix maires, cent vingt conseillers municipaux, dix instituteurs, dix employés de la voirie, dix curés et dix tenanciers de bistrot.

Or, dix curés et dix tenanciers de bistrot pour mille habitants, c'est trop ! Et la loi interdit aux villages, que ceux-ci comptent moins de cent habitants ou plus de mille habitants, d'avoir plus d'un maire.

*Le maire et le curé*

Comment dans ces conditions réduire le nombre des curés, des tenanciers de bistrot et des maires dans les villages de plus de mille habitants ? Par le cumul !

En effet, si le gouvernement s'intéresse aux maires, aux conseillers municipaux, aux instituteurs et aux employés de la voirie, il n'a rien à voir, en principe, avec les curés et les tenanciers de bistrot.

Mais cela le regarde, pourtant, car rien n'empêche un curé d'être conseiller municipal, et un maire d'être tenancier de bistrot. Comme rien n'empêche d'ailleurs un maire d'être curé. Toutefois, un curé est rarement tenancier de bistrot et un instituteur ne peut en aucun cas être employé de la voirie.

Le problème consiste donc pour le gouvernement à résoudre l'équation nationale que représentent les maires, les conseillers municipaux, les instituteurs, les employés de la voirie, le curé et les tenanciers de bistrot quelle que soit l'importance du village.

*L'employé de mairie et le tenancier de bistrot*

Eh bien, il n'existe qu'un seul moyen : rétablir dans la liste statistique le Parisien qui a acheté une maison dans le pays parce que c'est pas cher et que les œufs sont frais !

Car rien n'empêche le Parisien d'être curé, ou conseiller municipal, ou instituteur, ou employé de la voirie, ou tenancier de bistrot ou maire.

Nous le disons donc nettement au gouvernement. La réponse à la question de la réorganisation des villages de France sera trouvée le jour où l'on mettra le destin du pays entre les mains des Parisiens qui ont acheté des maisons parce que c'est pas cher et que les œufs sont frais.

*Je me suis souvent moqué de la religion. Pourtant, parfois, sans ressentir comme Péguy un appel de Très Haut, j'ai été approché, comme on dit à Sciences-po. J'ai entendu des voix me dire : « Jeannot, t'as pas honte de dire des choses pareilles sur la chrétienté ? Un jour, tu le regretteras ! »*

*C'est pourquoi, de temps en temps, j'écris des textes où l'on sent, sans déconner, que la foi n'est pas loin. Comme dit l'autre, on sait jamais !*

## LA LÉGENDE DU RÉVEILLON

### *Père*

La ville, étalée comme un œuf dans l'écuelle, comme le levain endormi par la chaleur du four, et qui se transforme en pain dur,

La ville, de ses tentacules cruelles, me repousse, mon âme ne ressent que douleur inerte et vague, et flotte dans l'océan des peines...

*Saint Martin*

Homme perdu,
Veuille interrompre ton soliloque.
La place retentit de tes jérémiades.
Pourquoi geindre ainsi ?

*Père*

Voyageur, je suis fils de France, et nos ministres, par la volonté divine, ne cessent de clamer que mes pareils et moi sommes moroses. Mais qui es-tu pour me poser de telles questions, homme nu ?
C'est l'hiver.
Et la bise mauvaise fouette le sang.
Pourquoi te promènes-tu, nu sur ce cheval ?

*Saint Martin*

Je ne suis pas nu, fils de France.
Il me reste encore sur le ventre un morceau de toile.
Je suis saint Martin.
J'ai rencontré un pauvre à qui j'ai donné la moitié de mon manteau, puis un autre pauvre, à qui j'ai donné la moitié de ce qui restait de mon manteau.
Puis encore un autre pauvre... Et encore un autre.
À chacun, j'ai donné la moitié... C'est pourquoi je n'ai plus sur moi que ce lambeau d'étoffe...
Es-tu pauvre ? En veux-tu la moitié ?

*Père*

Mon bon saint Martin, ma peine ne vient pas de ma pauvreté.

Je suis saint François d'Assise.

Sur terre, j'ai consacré mes jours à nos frères inférieurs, je laisse venir à moi les petits oiseaux, mais Noël approche et je suis mélancolique.

Car sur les tables de l'Occident, mes sœurs dindes vont gésir dans les marrons...

Mes sœurs marennes et belons vont crier sous la dent de l'homme, et le cochon, mon frère, va périr à l'instant pour devenir boudin.

*Saint Martin*

Bon saint François d'Assise, ta bonté me confond.

Ne pouvons-nous, à genoux, sur le restant de mon manteau, nous adresser au ciel et lui demander d'agir, pour que soient sauvegardés nos frères animaux ?

(Ils s'agenouillent.)

*Récitant*

À genoux, longtemps saint Martin et saint François ont prié le ciel, et voici que l'ange apparaît.

Voici que, dans les rayons du soleil, il lance le message divin.

*Ange*

Bon saint François d'Assise...

Bon saint Martin...

Le Seigneur est avec nous, demain, pour le réveillon, aucun animal ne sera immolé.

Voici le pain

Voici le sel

Voici le lait

Mettez dans un boyau

Ce pain

Ce sel

Et ce lait qui remplaceront le sang de l'animal entre frère.

*Récitant*

L'ange a parlé.

Et voici que saint Martin et saint François préparent la nourriture divine qui permettra d'éviter aux frères animaux de mourir sur la table des hommes.

*Saint François et saint Martin* (En chœur)

Tiens, voilà du pain pour la gloire de l'Éternel.

Tiens, voilà du lait pour le Salut des Hommes.

Tiens, voilà du sel pour le triomphe de la chrétienté.

Tiens,

VOILÀ DU BOUDIN,

VOILÀ DU BOUDIN,

VOILÀ DU BOUDIN !

## TABLE

## L'HUMOUR
## AU CHERCHE MIDI

### COLLECTION « LES PENSÉES »

*Pensées, textes et anecdotes*
d'Alphonse Allais

*Les Pensées*
de Jean Amadou

*Les Pensées* de José Artur

*Pensées provisoirement définitives* d'Yvan Audouard

*Pointes, piques et répliques*
de Guy Bedos

*Les Pensées* de Tristan Bernard

*Pensées, répliques et anecdotes*
de Francis Blanche

*Pensées et répliques*
de Bertrand Blier

*Les Pensées des Boulevardiers :*
Alphonse Karr, Aurélien Scholl, Georges Feydeau, Cami

*Les Pensées* de Philippe Bouvard

*Les Pensées* d'Alfred Capus

*Les Pensées* de Cavanna

*Pensées, répliques et anecdotes*
de Claude Chabrol

*Pensées et anecdotes* de Coluche
illustrées par Cabu, Gébé, Gotlib, Reiser, Wolinski

*Et vous trouvez ça drôle ?*
de Coluche

*Les Pensées* de Courteline

*Les Pensées* de Pierre Dac

*Arrière-Pensées*
de Pierre Dac

*Pensées et anecdotes* de Dalí

*Les Pensées de San-Antonio*
de Frédéric Dard

*Le Grand Livre de la méchanceté*
de Pierre Drachline

*Les Pensées* de Jean Dutourd

*Pensées et répliques*
de Jacques Dutronc

*Les Pensées* de Gustave Flaubert,
suivies du
*Dictionnaire des idées reçues*

*Les Pensées* d'Anatole France

*Les Pensées*
d'André Frossard

*Les Pensées, répliques et anecdotes*
de De Gaulle
choisies par Marcel Jullian

*Traits d'esprit*
de Charles de Gaulle

*Pensées, maximes et anecdotes*
de Sacha Guitry

*Pensées, répliques et anecdotes*
des Marx Brothers

*Portraits acides*
*et autres pensées édifiantes*
de Philippe Meyer

*Pensées, répliques et anecdotes*
de François Mitterrand

*Les Pensées* de Pierre Perret

*Les Pensées* de Jules Renard

*Pensées, répliques et portraits*
de Rivarol

*Pense-bêtes* de Topor
illustré par lui-même

*Vracs*
de Tomi Ungerer

*Les Pensées*
d'Oscar Wilde

*Les Pensées* de Wolinski
illustrées par lui-même

*Mes aveux* de Wolinski

*Composition et mise en pages par DV Arts Graphiques à Chartres*
*Imprimé en France par la Société Nouvelle Firmin-Didot*
Dépôt légal : octobre 2003
N° d'édition : 159 - N° d'impression : 65865
ISBN : 2-74910-159-4